VALORES ÉTICOS 2 ESO

SERIE PARTICIPA

El libro Valores Éticos para 2.º ESO es una obra colectiva concebida, diseñada y creada en el Departamento de Ediciones Educativas de Santillana Educación, S. L., dirigido por **Teresa Grence Ruiz**.

En su realización ha participado el siguiente equipo:

Carmen Pellicer Iborra
Francisco Ferrer Falcón

EDICIÓN EJECUTIVA

Manuel Sequeiros Murciano

DIRECCIÓN DEL PROYECTO

Mercedes Rubio Cordovés

Las actividades de este libro no deben ser realizadas en ningún caso en el propio libro. Las tablas, esquemas y otros recursos que se incluyen son modelos para que el alumno los traslade a su cuaderno.

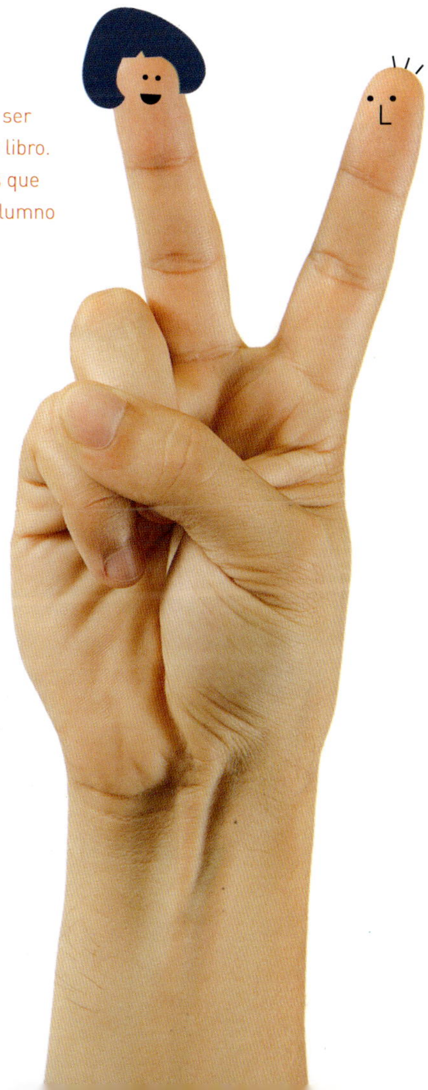

SANTILLANA

Presentación

¿Cómo te gustaría que fuera el mundo en el que vivimos? En clase de Valores Éticos tenemos la oportunidad de contestar a esa pregunta y de plantearnos entre todos cómo podemos hacer que sea posible, qué cosas concretas debemos cambiar para que se haga realidad y por dónde hemos de empezar y de la forma más inmediata. A través de los proyectos que se proponen en estas páginas, exploraremos muchos temas que afectan a la vida cotidiana, sobre los que podrás indagar y que compartirás no solo con tus compañeros y profesores, sino también con tu familia, tus amigos y la gente con la que te relacionas.

¿Cómo podemos contribuir? Muchos de los problemas que afectan a nuestro mundo parecen muy lejanos a nosotros. Veremos cómo los medios de comunicación son ventanas a una realidad compleja y difícil de conocer, en la que necesitamos ahondar.

Sin embargo, nuestras decisiones personales, los estilos de vida que elegimos, la coherencia de nuestras actitudes y comportamientos y los compromisos que adquirimos pueden hacer que muchas de estas cosas sean diferentes. Conoceremos, además, muchas iniciativas solidarias y testimonios de personas y organizaciones que hacen cada día que el mundo sea mejor.

¿Qué hacemos cuando vemos la realidad de forma diferente? No vivimos solos. El libro que te presentamos es una herramienta para ayudarte en tu búsqueda personal y facilitar el diálogo y la colaboración con tus compañeros, para aprender a trabajar en proyectos comunes, compartir objetivos, respetar otros puntos de vista y resolver los problemas que surgen en la convivencia y el trabajo común.

Una persona puede saber mucho de arte, de su historia, de los artistas, conocer a los marchantes más importantes, visitar fábricas de materiales de pintura y museos, ser especialista o catedrático, pero a pintar solo aprenderá pintando... Podéis aprender muchas cosas sobre valores para la convivencia, pero para ser personas valiosas y convivir en armonía hay que entrenarse día a día en las circunstancias concretas donde cada uno puede marcar una diferencia. Esta asignatura os puede ayudar a crecer y practicar, a compartir y dialogar, a reflexionar y decidir, y, sobre todo, a elegir cómo queréis que sea el futuro de todos y cómo podéis contribuir a que se haga realidad.

Los autores

ÍNDICE

TÚ ELIGES	EN CONCIENCIA	TEMAS Y CONTENIDOS DE LA UNIDAD
El respeto	Las emociones y el equilibrio personal	El respeto y el equilibrio personal
La belleza interior	El cuidado de uno mismo	Los estereotipos sexuales Los valores éticos como belleza interior Hábitos en belleza exterior e interior
¿Qué diferencia hay entre lo legal y lo moral?	El contrato social	La dignidad y la situación del inmigrante Los derechos humanos
La toma de decisiones	Liderazgo y trabajo en equipo	Liderazgo Proactividad e iniciativa Colaboración en el trabajo en equipo
La honestidad	Tu compromiso	La honestidad Respeto en las relaciones interpersonales
Actitud ante los avances científicos	Visión de futuro	La visión de futuro La constancia

ASÍ ES TU LIBRO

EL CONTENIDO DE ESTE LIBRO SE HA DISTRIBUIDO EN SEIS UNIDADES DE DOCE PÁGINAS. EN CADA UNA DE ELLAS ENCONTRARÁS LAS SIGUIENTES SECCIONES:

◂ DOBLE PÁGINA INTRODUCTORIA

Cada unidad gira en torno a un determinado estereotipo generado en la sociedad y se abre con un texto introductorio, un plan de trabajo y una explicación o testimonio que se trabaja con actividades de toma de decisiones, valoración de la propia conciencia, etc.

EL TÓPICO ▸

A lo largo de cuatro páginas desarrollaremos el estereotipo tratado en la unidad. Analizaremos dicho tópico, primero desde frases que oímos, o incluso pronunciamos, de forma habitual y mecánica, y después, a partir de la manera en que ese modelo ha sido reflejado en los medios, la literatura, el cine, la publicidad, el humor…

Mediante este análisis deberemos ser capaces de ponernos en la piel de quienes, de forma totalmente injustificada, sufren las consecuencias de ser juzgados por unos rasgos que no se corresponden con la realidad y comprender, así, la complejidad y problemática por la que pueden llegar a pasar ciertos colectivos.

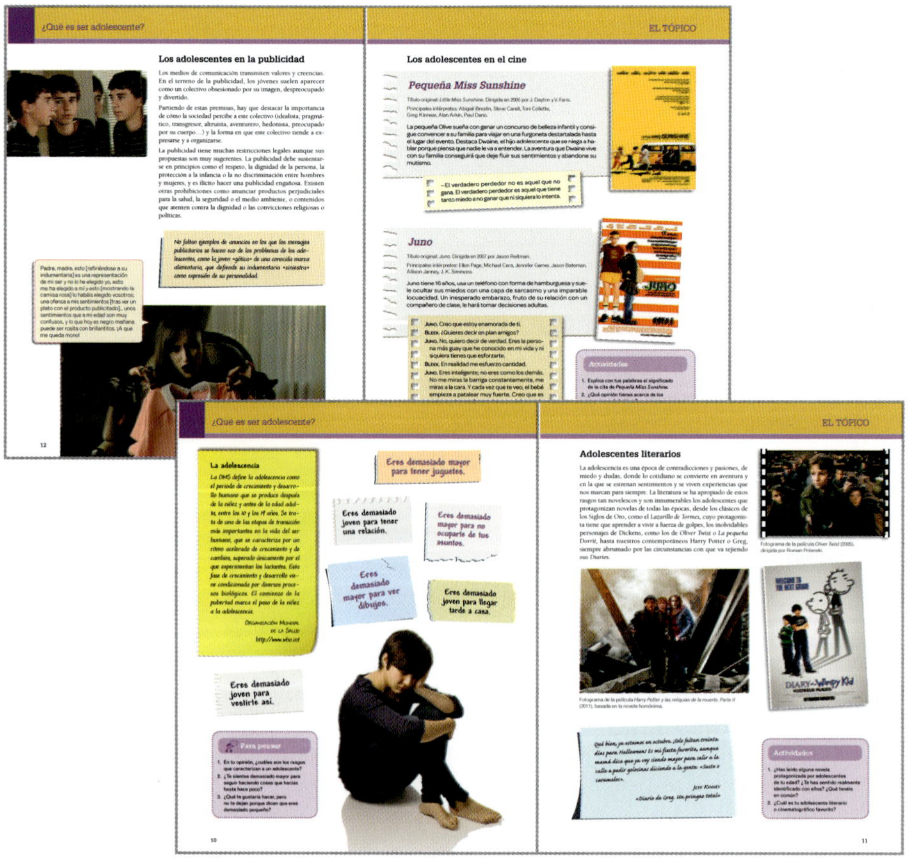

◂ DESMONTANDO EL TÓPICO

En esta doble página, se reúnen experiencias, conductas y argumentos que, de una forma contundente, dejan sin validez las conjeturas y los prejuicios expuestos en las páginas anteriores.

ENTREVISTA ▸

En todas las unidades se dedican dos páginas a mostrar, a través de una entrevista efectuada a dos personas pertenecientes al colectivo al que alude el estereotipo analizado, cuáles son sus opiniones, impresiones o sentimientos al respecto.

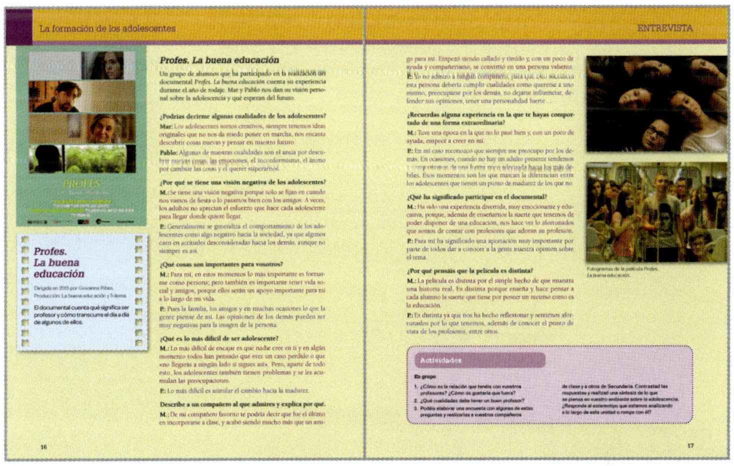

◂ TÚ ELIGES

Una vez analizado el tema en profundidad, solo queda tomar una decisión para actuar en consecuencia a un valor de referencia o adoptar una determinada postura.

EN CONCIENCIA ▸

Cada tema se cierra con una secuencia de reflexión y construcción del pensamiento propio a partir de determinadas vivencias, relatos, etc., en los que quedan condensados los valores que hemos explorado durante la unidad didáctica.

1 ¿Adolescentes imposibles?

¿QUÉ VAMOS A HACER?

1. Conocer los estereotipos que más determinan a los adolescentes.
2. Entender cómo se ha construido una imagen negativa de la adolescencia.
3. Aprender a valorar las normas y el respeto a las personas.
4. Aprender a vivir la adolescencia y los cambios desde un punto de vista positivo.

Los adolescentes a menudo tienen mala fama entre los adultos. Muchos los perciben como descuidados, apáticos, rebeldes, inestables, agresivos y con tendencia a meterse en líos y a adquirir cierto tipo de adicciones, como, por ejemplo, a su consola o al móvil.

Y, sin embargo, esas generalizaciones y estereotipos no responden al comportamiento de una gran mayoría de jóvenes que, a pesar de las dificultades, los malos momentos y las presiones, están aprendiendo a madurar mientras descubren su propia personalidad.

¿Por qué se tiene una imagen tan negativa de los jóvenes de esta edad? ¿Qué podemos hacer para romper este estereotipo?

¿Una cuestión de imagen?

¿Has probado a poner en Google/imágenes la palabra «adolescente»?

Salen dos tipos de imágenes: las primeras son de adolescentes vestidos de colores vivos en ambiente de fiesta, siempre sonriendo y posando en *selfies* para compartir en las redes sociales o haciendo botellón.

El segundo tipo de fotos que se encuentran son de adolescentes con ropa oscura, en penumbra, que parecen apartados de la sociedad porque nadie los entiende o porque no encuentran su sitio. También aparecerán imágenes de jóvenes discutiendo con sus padres, levantando la voz y haciendo aspavientos con las manos como si no supieran hablar de manera normal y mantener un diálogo con personas adultas.

¿Estás de acuerdo con esta imagen estereotipada del adolescente? ¿Por qué crees que se tiene esta imagen?

Para pensar

En grupo

1. Preparad una encuesta para saber qué piensan los adultos sobre los adolescentes.
2. Elaborad un cuestionario con diez preguntas sobre este tema y planteadlo, al menos, a diez adultos de diferente edad y ocupación.
3. Analizad las respuestas: ¿cuáles son los rasgos que predominan?, ¿a qué se dedican?, ¿qué les gusta hacer?, ¿cómo se relacionan con sus compañeros?
4. ¿Podéis encontrar en vuestro entorno amigos que se parecen a los adolescentes descritos por la encuesta? ¿Con cuál te identificas más? ¿Por qué?

La adolescencia

La OMS define la adolescencia como el periodo de crecimiento y desarrollo humano que se produce después de la niñez y antes de la edad adulta, entre los 10 y los 19 años. Se trata de una de las etapas de transición más importantes en la vida del ser humano, que se caracteriza por un ritmo acelerado de crecimiento y de cambios, superado únicamente por el que experimentan los lactantes. Esta fase de crecimiento y desarrollo viene condicionada por diversos procesos biológicos. El comienzo de la pubertad marca el paso de la niñez a la adolescencia.

Organización Mundial de la Salud
http://www.who.int

Eres demasiado mayor para tener juguetes.

Eres demasiado joven para tener una relación.

Eres demasiado mayor para no ocuparte de tus asuntos.

Eres demasiado mayor para ver dibujos.

Eres demasiado joven para llegar tarde a casa.

Eres demasiado joven para vestirte así.

Para pensar

1. En tu opinión, ¿cuáles son los rasgos que caracterizan a un adolescente?
2. ¿Te sientes demasiado mayor para seguir haciendo cosas que hacías hasta hace poco?
3. ¿Qué te gustaría hacer, pero no te dejan porque dicen que eres demasiado pequeño?

Adolescentes literarios

La adolescencia es una época de contradicciones y pasiones, de miedo y dudas, donde lo cotidiano se convierte en aventura y en la que se estrenan sentimientos y se viven experiencias que nos marcan para siempre. La literatura se ha apropiado de estos rasgos tan novelescos y son innumerables los adolescentes que protagonizan novelas de todas las épocas, desde los clásicos de los Siglos de Oro, como el *Lazarillo de Tormes,* cuyo protagonista tiene que aprender a vivir a fuerza de golpes, los inolvidables personajes de Dickens, como los de *Oliver Twist* o *La pequeña Dorrit,* hasta nuestros contemporáneos Harry Potter o Greg, siempre abrumado por las circunstancias con que va tejiendo sus *Diarios.*

Fotograma de la película *Oliver Twist* (2005), dirigida por Roman Polanski.

Fotograma de la película *Harry Potter y las reliquias de la muerte. Parte II* (2011), basada en la novela homónima.

Qué bien, ya estamos en octubre. ¡Solo faltan treinta días para Halloween! Es mi fiesta favorita, aunque mamá dice que ya voy siendo mayor para salir a la calle a pedir golosinas diciendo a la gente: «Susto o caramelos».

JEFF KINNEY

«Diario de Greg. Un pringao total»

Actividades

1. ¿Has leído alguna novela protagonizada por adolescentes de tu edad? ¿Te has sentido realmente identificado con ellos? ¿Qué tenéis en común?
2. ¿Cuál es tu adolescente literario o cinematográfico favorito?

Los adolescentes en la publicidad

Los medios de comunicación transmiten valores y creencias. En el terreno de la publicidad, los jóvenes suelen aparecer como un colectivo obsesionado por su imagen, despreocupado y divertido.

Partiendo de estas premisas, hay que destacar la importancia de cómo la sociedad percibe a este colectivo (idealista, pragmático, transgresor, altruista, aventurero, hedonista, preocupado por su cuerpo...) y la forma en que este colectivo tiende a expresarse y a organizarse.

La publicidad tiene muchas restricciones legales aunque sus propuestas son muy sugerentes. La publicidad debe sustentarse en principios como el respeto, la dignidad de la persona, la protección a la infancia o la no discriminación entre hombres y mujeres, y es ilícito hacer una publicidad engañosa. Existen otras prohibiciones como anunciar productos perjudiciales para la salud, la seguridad o el medio ambiente, o contenidos que atenten contra la dignidad o las convicciones religiosas o políticas.

No faltan ejemplos de anuncios en los que los mensajes publicitarios se hacen eco de los problemas de los adolescentes, como la joven «gótica» de una conocida marca alimentaria, que defiende su indumentaria «siniestra» como expresión de su personalidad.

Padre, madre, esto [refiriéndose a su indumentaria] es una representación de mi ser y no lo he elegido yo, esto me ha elegido a mí y esto [mostrando la camisa rosa] lo habéis elegido vosotros; una ofensa a mis sentimientos [tras ver un plato con el producto publicitado]..., unos sentimientos que a mi edad son muy confusos, y lo que hoy es negro mañana puede ser rosita con brillantitos. ¡A que me queda mono!

Los adolescentes en el cine

Pequeña Miss Sunshine

Título original: *Little Miss Sunshine.* Dirigida en 2006 por J. Dayton y V. Faris.

Principales intérpretes: Abigail Breslin, Steve Carell, Toni Collette, Greg Kinnear, Alan Arkin, Paul Dano.

La pequeña Olive sueña con ganar un concurso de belleza infantil y consigue convencer a su familia para viajar en una furgoneta destartalada hasta el lugar del evento. Destaca Dwaine, el hijo adolescente que se niega a hablar porque piensa que nadie le va a entender. La aventura que Dwaine vive con su familia conseguirá que deje fluir sus sentimientos y abandone su mutismo.

> —El verdadero perdedor no es aquel que no gana. El verdadero perdedor es aquel que tiene tanto miedo a no ganar que ni siquiera lo intenta.

Juno

Título original: *Juno.* Dirigida en 2007 por Jason Reitman.

Principales intérpretes: ~~Ellen~~ Eliot Page, Michael Cera, Jennifer Garner, Jason Bateman, Allison Janney, J. K. Simmons.

Juno tiene 16 años, usa un teléfono con forma de hamburguesa y suele ocultar sus miedos con una capa de sarcasmo y una imparable locuacidad. Un inesperado embarazo, fruto de su relación con un compañero de clase, le hará tomar decisiones adultas.

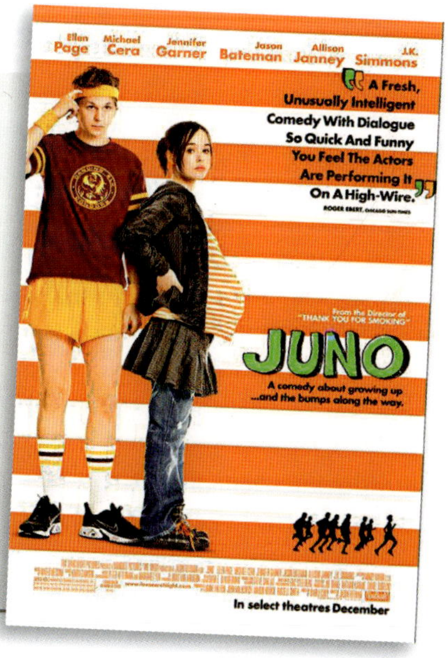

> **Juno.** Creo que estoy enamorada de ti.
>
> **Bleek.** ¿Quieres decir en plan amigos?
>
> **Juno.** No, quiero decir de verdad. Eres la persona más guay que he conocido en mi vida y ni siquiera tienes que esforzarte.
>
> **Bleek.** En realidad me esfuerzo cantidad.
>
> **Juno.** Eres inteligente; no eres como los demás. No me miras la barriga constantemente, me miras a la cara. Y cada vez que te veo, el bebé empieza a patalear muy fuerte. Creo que es porque mi corazón empieza a palpitar cada vez que te ve.
>
> **Bleek.** El mío también.

Actividades

1. Explica con tus palabras el significado de la cita de *Pequeña Miss Sunshine.*
2. ¿Qué opinión tienes acerca de los concursos de belleza?
3. ¿Qué consecuencias puede tener un embarazo a edades tan tempranas?

Una buena manera de desmontar un estereotipo

Los medios de comunicación de todo el mundo han contribuido con entusiasmo a difundir el ejemplo de Malala. El siguiente fragmento procede de una noticia publicada en la edición digital de *El Heraldo de Aragón*:

> Cuando el promedio de adolescentes invierte parte de su tiempo en la recreación propia de su edad, Malala se ha convertido en símbolo inspirador para la humanidad, en su tenaz defensa, aun a riesgo de su existencia, de los derechos inalienables a la educación, independientemente de sexo o condición socioeconómica de quienes aspiran a recibir los beneficios de la enseñanza.
>
> Conmovido ante sus convicciones y altruismo, el secretario general de Naciones Unidas declaró: «Con su coraje y determinación, Malala ha mostrado lo que los terroristas más temen: una niña con un libro».

Qué está cambiando

Los estereotipos que hemos visto en las páginas anteriores se pueden cambiar porque no responden del todo a la realidad. De los propios adolescentes depende llamar la atención sobre otros aspectos que están muy lejos de esa imagen tan negativa que proyectan a veces y tomar conciencia del papel fundamental que desempeñan en la sociedad.

Una de las cosas que se echa en cara a los jóvenes es que llevan los sentimientos al extremo, pero, precisamente, en esa capacidad de entusiasmo y entrega reside su esencia.

Tal vez, a los adultos, demasiado cargados de racionalidad, se les olvida cómo eran a los quince años. Pero, a menudo, sienten nostalgia por la autenticidad con que abrazaban sus ideales y comprenden que es justo que los adolescentes defiendan lo suyo con tanta vehemencia, aunque no siempre sean tan racionales y correctos como cabría desear. Sería estupendo encontrar un nuevo estado en el que se sumaran la pasión adolescente y el equilibrio adulto.

El caso es que esa combinación existe, como lo demuestra el ejemplo de Malala Yousafzai, una joven nacida en 1997 en Mingora (Pakistán), y que fue tiroteada en octubre de 2012 por terroristas talibanes por defender su derecho y el de todas las jóvenes de su país a estudiar, algo que los talibanes no toleran y que tratan de erradicar por la fuerza bombardeando escuelas y disparando a las jóvenes que intentan acudir a ellas.

Malala sufrió gravísimas lesiones a consecuencia de los disparos, pero sobrevivió y, lejos de abandonar sus ideales, siguió con su activismo, aún con más fuerza y entusiasmo.

En 2014 fue galardonada con el Premio Nobel de la Paz y el Premio Niños del Mundo. Malala donó el dinero recibido con los premios para la reconstrucción de las escuelas de Gaza. Se dedica a dar conferencias por todo el mundo para contagiar de valor y coraje a jóvenes y adultos, transmitiendo su entusiasmo y su convicción de que solo con dar acceso a los jóvenes a la educación el mundo puede ser mucho mejor.

Él me llamó Malala

Título original: *He Named Me Malala.* Dirigida en 2015 por Davis Guggenheim.

Principales intérpretes: Malala Yousafzai, Ziauddin Yousafzai, Toor Pekai Yousafzai, Khushal Yousafzai, Atal Yousafzai.

En este documental de 87 minutos, que ha obtenido prestigiosos premios cinematográficos, se ofrece un retrato intimista de Malala Yousafzai, activista pakistaní, la persona más joven que ha recibido el Premio Nobel de la Paz.

El documental *Él me llamó Malala* fue nominado al mejor documental en los Premios BAFTA, Critics' Choice Awards y Annie en el año 2015.

Krishna Reddy y el alcoholímetro

Un caso distinto, pero también muy interesante para ejemplificar la capacidad de los adolescentes para afrontar tareas serias, es el del joven Krishna Reddy, que a los 13 años ha inventado un dispositivo que puede salvar la vida de miles de conductores.

Krishna nació en Wichita Fall (Texas, Estados Unidos). Preocupado por las estadísticas de muertes en carretera ocasionadas por conductores bajo los efectos de drogas y alcohol, ideó un ingenioso dispositivo, capaz de mejorar los alcoholímetros usados por la policía, ya que estos solo detectan el alcohol, mientras el suyo delata también la presencia de drogas y estupefacientes.

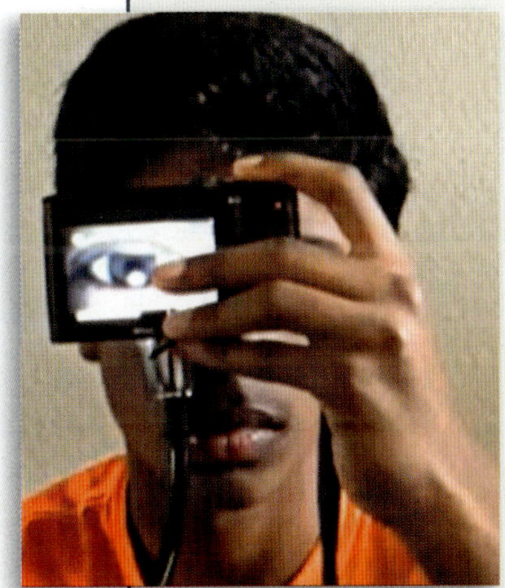

Para difundir su invento lo presentó al «Young Scientist Challenge», un concurso anual de jóvenes científicos que convoca una entidad privada en Estados Unidos.

Su invento se basa en la observación de las pupilas, que se dilatan por efecto del consumo de alcohol y drogas.

Actividades

En grupo

1. Malala se ha convertido en un símbolo en la defensa del derecho a la educación. Buscad otros ejemplos de adolescentes que han dado un testimonio de su valor y su compromiso con aquello que creían.
2. Krishna Reddy ha destacado por su creatividad al resolver un problema. Podéis consultar la página web: www.youngscientistchallenge.com, y escribir un comentario personal sobre su contenido.
3. ¿Qué problemas os gustaría resolver? ¿Cuál creéis que podría ser vuestra contribución? ¿Qué ayuda necesitaríais?

Profes. La buena educación

Dirigida en 2015 por Giovanna Ribes.
Producción: La buena educación y Trilema.

El documental cuenta qué significa ser profesor y cómo transcurre el día a día de algunos de ellos.

Profes. La buena educación

Un grupo de alumnos que ha participado en la realización del documental *Profes. La buena educación* cuenta su experiencia durante el año de rodaje. Mar y Pablo nos dan su visión personal sobre la adolescencia y qué esperan del futuro.

¿Podrías decirme algunas cualidades de los adolescentes?

Mar: Los adolescentes somos creativos, siempre tenemos ideas originales que no nos da miedo poner en marcha, nos encanta descubrir cosas nuevas y pensar en nuestro futuro.

Pablo: Algunas de nuestras cualidades son el ansia por descubrir nuevas cosas, las emociones, el inconformismo, el ánimo por cambiar las cosas y el querer superarnos.

¿Por qué se tiene una visión negativa de los adolescentes?

M.: Se tiene una visión negativa porque solo se fijan en cuando nos vamos de fiesta o lo pasamos bien con los amigos. A veces, los adultos no aprecian el esfuerzo que hace cada adolescente para llegar donde quiere llegar.

P.: Generalmente se generaliza el comportamiento de los adolescentes como algo negativo hacia la sociedad, ya que algunos caen en actitudes desconsideradas hacia los demás, aunque no siempre es así.

¿Qué cosas son importantes para vosotros?

M.: Para mí, en estos momentos lo más importante es formarme como persona; pero también es importante tener vida social y amigos, porque ellos serán un apoyo importante para mí a lo largo de mi vida.

P.: Pues la familia, los amigos y en muchas ocasiones lo que la gente piense de mí. Las opiniones de los demás pueden ser muy negativas para la imagen de la persona.

¿Qué es lo más difícil de ser adolescente?

M.: Lo más difícil de encajar es que nadie cree en ti y en algún momento todos han pensado que eres un caso perdido o que «no llegarás a ningún lado si sigues así». Pero, aparte de todo esto, los adolescentes también tienen problemas y se les acumulan las preocupaciones.

P.: Lo más difícil es asimilar el cambio hacia la madurez.

Describe a un compañero al que admires y explica por qué.

M.: De mi compañero favorito te podría decir que fue el último en incorporarse a clase, y acabó siendo mucho más que un amigo para mí. Empezó siendo callado y tímido y, con un poco de ayuda y compañerismo, se convirtió en una persona valiente.

P.: Yo no admiro a ningún compañero, para que esto sucediera esta persona debería cumplir cualidades como quererse a uno mismo, preocuparse por los demás, no dejarse influenciar, defender sus opiniones, tener una personalidad fuerte…

¿Recuerdas alguna experiencia en la que te hayas comportado de una forma extraordinaria?

M.: Tuve una época en la que no lo pasé bien y, con un poco de ayuda, empecé a creer en mí.

P.: En mi caso reconozco que siempre me preocupo por los demás. En ocasiones, cuando no hay un adulto presente tendemos a comportarnos de una forma poco adecuada hacia los más débiles. Esos momentos son los que marcan la diferencian entre los adolescentes que tienen un punto de madurez de los que no.

¿Qué ha significado participar en el documental?

M.: Ha sido una experiencia divertida, muy emocionante y educativa, porque, además de enseñarnos la suerte que tenemos de poder disponer de una educación, nos hace ver lo afortunados que somos de contar con profesores que adoran su profesión.

P.: Para mí ha significado una aportación muy importante por parte de todos dar a conocer a la gente nuestra opinión sobre el tema.

¿Por qué pensáis que la película es distinta?

M.: La película es distinta por el simple hecho de que muestra una historia real. Es distinta porque enseña y hace pensar a cada alumno la suerte que tiene por poseer un recurso como es la educación.

P.: Es distinta ya que nos ha hecho reflexionar y sentirnos afortunados por lo que tenemos, además de conocer el punto de vista de los profesores, entre otros.

Fotogramas de la película *Profes. La buena educación.*

Actividades

En grupo

1. ¿Cómo es la relación que tenéis con vuestros profesores? ¿Cómo os gustaría que fuera?
2. ¿Qué cualidades debe tener un buen profesor?
3. Podéis elaborar una encuesta con algunas de estas preguntas y realizarlas a vuestros compañeros de clase y a otros de Secundaria. Contrastad las respuestas y realizad una síntesis de lo que se piensa en vuestro ambiente sobre la adolescencia. ¿Responde al estereotipo que estamos analizando a lo largo de esta unidad o rompe con él?

礼

Un alma sin respeto es una morada en ruinas

Para los antiguos guerreros samurái, el «rei», el respeto y la cortesía, es uno de los valores supremos, también hacia los enemigos. Por respeto a la tradición y a sus señores eran capaces de quitarse la vida con su espada haciéndose el «seppuku» o «harakiri». Las mujeres de estos samuráis les seguían en el suicidio, al igual que las mujeres que, en la India, se inmolaban cuando morían sus maridos, en un ritual llamado «satí». Aunque en la actualidad estas prácticas son ilegales, el respeto a la tradición ejerce una presión grande sobre las viudas y todavía algunos grupos religiosos las defienden.

El respeto excesivo a las tradiciones puede llegar a impedir que se prohíban o, incluso, se cuestionen rituales y creencias que están en contra de la vida y la dignidad de las personas.

Ritual del *satí*, miniatura india (siglo XVIII).

El respeto

Cuándo no hay respeto

Seguro que alguna vez te han pedido que actúes con más respeto. Pero ¿qué es el respeto? El respeto es una actitud que implica el reconocimiento del valor que tienen las cosas, los lugares y las personas, así como las opiniones y los derechos de estas.

Es un valor que siempre tiene una consecuencia práctica, porque supone comportarse de una determinada manera hacia los demás, aunque a veces nos cueste.

Decimos que algo es una falta de respeto cuando creemos que ataca, hiere o desprecia algo valioso o a alguien especialmente vulnerable.

El respeto también es una actitud hacia uno mismo. Si nos respetamos, debemos alejarnos de aquello que pone en riesgo nuestra salud, integridad física o equilibrio mental. El consumo de algunas drogas, alcohol o tabaco no está prohibido por la ley, a pesar de que somos conscientes de sus efectos dañinos. Cada uno necesita conocer aquello que le hace daño y descubrir cuáles son sus límites.

¿Por qué respetamos las normas?

A nuestro alrededor hay normas y leyes sobre casi cada aspecto de la vida: en clase, en la mesa, en la carretera, en los sitios públicos, en las relaciones entre las personas o entre los países. Algunas se traducen en leyes y códigos, y otras se aprenden por costumbre o tradición.

La mayoría de esas normas tienen un sentido y, cuando no las respetamos, podemos meternos en problemas tan graves que podrían afectarnos toda la vida.

Un buen ejemplo es el código de circulación. Las sanciones con multas, las pérdidas de puntos o, incluso, la retirada del carné de conducir son buenas razones para respetar los límites de velocidad y todas las normas de circulación.

Actividades

1. Busca ejemplos en los que acatemos algunas normas por respeto a los demás y no solo por el miedo a las consecuencias.
2. Describe situaciones o personas que te impongan respeto.
3. El respeto excesivo puede paralizar e incluso llevar al miedo. ¿Cuándo ocurre esto? ¿Lo has experimentado alguna vez?

Las emociones y el equilibrio personal

En los momentos de cambio no es fácil encontrar el equilibrio personal y adaptarnos a la nueva situación. Es fácil perder el control de las emociones. Sufrimos un cúmulo de sensaciones e impulsos y no sabemos poner nombre a los sentimientos que estamos experimentando.

Una **emoción** es una reacción que el ser humano experimenta como respuesta a su entorno. Va acompañada de cambios, ocurre de modo súbito, a veces bruscamente, y suele ser pasajera. Posteriormente, las emociones se convierten en sentimientos.

La palabra «**sentimiento**» se usa para designar las experiencias interiores de la persona que son fruto de las emociones.

Cuando aparecen las pasiones, el equilibrio se rompe y la mente emocional desborda y secuestra a la mente racional.

D. GOLEMAN

Daniel Goleman, en su obra *Inteligencia emocional* (1996), se preguntaba qué diferencias había entre un trabajador muy bueno y otro intermedio. Su tesis se centra en que la diferencia reside en un conjunto de habilidades a las que llama «inteligencia emocional»: la automotivación, la perseverancia, el control de los impulsos, la regulación de los estados de ánimo, el control de la angustia, la empatía y la confianza en los demás.

Hoy sabemos que el cerebro es el responsable de la inteligencia emocional y que lo podemos entrenar para gestionar los sentimientos y los impulsos que nos dificultan no solo el aprendizaje, sino también las relaciones con los demás.

Del revés

Título original: *Inside Out.*

Dirigida en 2015 por Pete Docter y Ronnie del Carmen.

Principales intérpretes: animación.

En la película *Del revés*, cinco emociones interaccionan dentro de la mente de la niña Riley Andersen: Alegría, Tristeza, Miedo, Ira y Asco. Cada una de ellas influye en las decisiones que la protagonista toma día a día.

En grupo

- ¿Qué diferencia hay entre un sentimiento y una emoción?
- Explicad el significado de la cita de Goleman. ¿En qué situaciones se producen ese tipo de conflictos? Poned ejemplos de momentos en los que hayas sentido esa contradicción.
- Buscad el argumento de la película *Del revés* y haced una síntesis de cuáles son los efectos de cada emoción en las decisiones de la niña.

2 ¿Inteligentes y guapos?

¿QUÉ VAMOS A HACER?

1. Reconocer los estereotipos de la belleza física en la cultura actual.
2. Descubrir diferentes factores de la propia imagen que influyen en la personalidad.
3. Profundizar en el concepto de belleza aplicado a las personas.
4. Reconocer los valores de la belleza exterior e interior.
5. Utilizar la introspección para conocernos y ser capaz de automotivarnos.

En los medios de comunicación abundan los mensajes sobre la imagen personal. Junto al ideal de belleza, tanto masculino como femenino, se han consolidado algunos estereotipos que presentan a las mujeres guapas como carentes de inteligencia y a los hombres atractivos como superficiales.

Nos bombardean con imágenes de cuerpos perfectos que pueden llegar a obsesionarnos y a condicionar la forma en la que nos relacionamos con los demás. Pero hemos de ser conscientes de que somos algo más que un envoltorio y que lo que llevamos dentro importa más que lo de fuera. Como suele decirse, muchas veces las apariencias engañan.

Cada persona es única

Cada uno de nosotros es diferente: nuestra historia, nuestra familia, nuestro temperamento, nuestro sexo, el lugar en que vivimos, nuestros amigos… configuran una personalidad única. Muchos son los factores que determinan nuestra manera de ser. A medida que vamos creciendo, nuestra imagen es un reflejo de lo que somos, de nuestras preferencias y valores. Pero existen otros factores, como la presión mediática, lo que los demás esperan de nosotros o la moda, que hacen que estemos muy influidos por circunstancias que no podemos controlar.

Actividades

En grupo

1. Si tuvierais que hacer un retrato de vuestros amigos, ¿cómo los describiríais?
2. Observad las imágenes e inventad una vida para cada uno de los personajes: cómo son, a qué se dedican, de qué hablan, cómo se relacionan con sus amigos, etc.
3. Comparad las historias que ha creado cada grupo y comentad qué rasgos tienen en común.

Actividades

1. Piensa en cuáles son los atributos que tradicionalmente se han utilizado para definir a una mujer y a un hombre.
2. ¿Crees que estas afirmaciones son ciertas? ¿Por qué?
   - Las chicas son más afectivas en las relaciones.
   - Los chicos no deben mostrar sus sentimientos en público.
   - Las chicas son peores en los deportes.
   - Los chicos son más competitivos.
   - Es lógico que los chicos se peleen.
   - Las chicas son más responsables.
   - Es normal que los chicos salgan con muchas chicas.
   - Las chicas que salen con muchos chicos no son decentes.
3. Busca en Internet los rasgos más importantes que definen el estereotipo del donjuán español.

Los estereotipos

El estereotipo es una imagen o idea aceptada comúnmente por un grupo o sociedad con carácter inmutable.

Cuando se clasifica a un individuo dentro de un grupo, se presupone que tiene unas características determinadas. Si consideramos que las mujeres están preparadas de forma natural para cuidar de los niños, esto nos llevará a pensar que las madres deben ejercer el rol de cuidadoras. La discriminación se produce en una sociedad cuando las leyes, la organización laboral y las diferencias salariales dificultan que las mujeres con hijos vuelvan al trabajo, mientras que los varones se sienten desplazados si son los que optan por quedarse en casa.

En la adolescencia los estereotipos de género son muy frecuentes cuando comienzan por establecerse vínculos con un grupo.

Los estereotipos sexuales en la literatura

La literatura ha desarrollado en múltiples ocasiones la imagen de la mujer dulce, bella y virginal, volcada en el hogar y la familia, ajena a la cultura y a la vida pública.

Para el hombre se reservó la capacidad de luchar, de conquistar a las mujeres y de imponer la ley del más fuerte.

La dulce doña Inés frente al conquistador don Juan Tenorio o las abnegadas y sensatas protagonistas de las novelas de Jane Austen, que al final siempre consiguen como marido a un caballero distinguido, son algunos ejemplos.

Escena de don Juan y doña Inés, protagonistas de la obra teatral de José Zorrilla, *Don Juan Tenorio*.

Fotograma de *Orgullo y prejuicio* (2005), película inspirada en la novela homónima de Jane Austen.

Los estereotipos sexuales en la prensa

Las *betches*: inmensamente superficiales y orgullosas de serlo

Materialistas, ambiciosas, cotillas y con las únicas metas de estar guapas y delgadas. Así son las integrantes de un nuevo espécimen que acaba de nacer para desgracia de sus padres e inspiración de guionistas y escritores.

El País (23 de agosto de 2013)

Actividades

1. Después de leer la definición de *betches*, ¿qué opinas de esta concepción de la vida?
2. ¿Crees que en la actualidad sigue siendo atractiva la imagen de Marilyn?
3. ¿Piensas que haber sido futbolista ha beneficiado la imagen de Beckham?

Los estereotipos sexuales en el cine

Los caballeros las prefieren rubias

No está claro cuál es el origen del estereotipo de las mujeres rubias. Hay quienes afirman que puede remontarse a tiempos de los vikingos, de pelo claro y constitución musculosa, a quienes se les suponía ignorantes. La primera en formularlo fue la escritora estadounidense Anita Loos en su novela *Los caballeros las prefieren rubias,* que fue llevada al cine con Marilyn Monroe como protagonista.

Los estereotipos sexuales en la publicidad

El futbolista David Beckham, que ha servido de imagen en innumerables campañas publicitarias, es el prototipo de lo que ha venido en denominarse «metrosexual»: varones urbanos, preocupados por la estética, que invierten su dinero y su tiempo en cultivar su apariencia física; pasan largas horas en el gimnasio y se sienten atraídos por la alta gastronomía o cualquier otro signo de prestigio social.

¿Desde cuándo a alguien le importa la belleza interior?

En ocasiones, la publicidad nos da mensajes contradictorios. Por un lado, parece que nos obliga a volcarnos en el cuidado de nuestro físico. Pero deja claro que, si lo hacemos, nos convertiremos en alguien superficial, carente de inteligencia y sentimientos. Sin embargo, si optamos por la belleza interior debemos olvidarnos de nuestro cuerpo, como si ambas cosas fueran incompatibles.

Un descerebrado de moda

Título original: *Zoolander.*

Dirigida en 2011 por Ben Stiller.

Principales intérpretes: Ben Stiller y Owen Wilson.

Narra las disparatadas aventuras de un guapo modelo y sus compañeros de profesión. En esta película encontramos el estereotipo que asocia la belleza masculina y el cuidado del aspecto físico con la escasez de inteligencia. Los protagonistas no saben ni encender un ordenador. El éxito del filme dio lugar a una secuela en 2016: *Zoolander 2.*

La fuerza y la belleza en el cine

En muchas películas de la historia del cine intervienen actores guapos y musculados, de rostro inexpresivo, que interpretan a guardaespaldas, mafiosos y multimillonarios incapaces de generar un discurso coherente. También, actrices que interpretan a mujeres de proporciones perfectas, con frecuencia rubias, dispuestas a hacer cualquier cosa a cambio de dinero o poder.

Una rubia muy legal

Título original: *Legally Blonde.*

Dirigida en 2001 por Robert Luketic.

Principales intérpretes: Reese Whiterspoon y Selma Blair.

Elle Woods, una chica guapa, rica, brillante y popular, es rechazada por su novio al ser «demasiado rubia», detalle que no le aporta, precisamente, seriedad a su prometedora carrera como político. Elle decide estudiar Derecho en Harvard y demostrarle de qué es capaz. En 2003 se estrenó la segunda parte, con la misma actriz protagonista.

—Ahora tengo que ser serio, mi familia espera mucho de mí, algún día me dedicaré a la política, seré senador a los 30 años y he de empezar a sentar la cabeza [...], por eso creo que debemos separarnos [...].

—¿Me estás dejando porque soy rubia?
—Yo te quiero, pero tengo mucha presión, en mi familia somos cinco generaciones de senadores, ¿y yo con una rubia?

La belleza en la música

Beautiful

Don't look at me.

Every day is so wonderful.
And suddenly, it's hard to breathe.
Now and then, I get insecure.
From all the pain, I'm so ashamed.

I am beautiful, no matter what they say.
Words can't bring me down.
I am beautiful in every single way.
Yes, words can't bring me down. Oh, no.
So don't you bring me down, today.

To all your friends, you're delirious.
So consumed in all your doom.
Trying hard to fill the emptiness.
The piece is gone. Let the puzzle undone.
Ain't that the way it is?

You are beautiful no matter what they say.
Words can't bring you down.
You are beautiful in every single way.
Yes, words can't bring you down. Oh, no.
So don't you bring me down, today.

No matter what we do
(no matter what we do).
No matter what they say
(no matter what they say).

We're the song inside the tune,
(yeah, oh yeah)
full of beautiful mistakes.
and everywhere we go
(everywhere we go).

The sun will always shine
(sun will always, always shine).
And tomorrow we might awake on the other side.

We are beautiful no matter what they say.
Yes, words won't bring us down.
We are beautiful in every single way.
Yes, words can't bring us down.
So don't you bring me down, today.

Don't you bring me down, today.
Don't you bring me down, today.

CHRISTINA AGUILERA

Actividades

En grupo

1. Escuchad la canción de Christina Aguilera y traducidla al castellano.
2. Analizad los aspectos que más suelen preocupar a los adolescentes de su imagen exterior.
3. ¿Hasta qué punto las ideas de los demás pueden influir en el concepto que tenemos de nosotros mismos?
4. Pensad en casos concretos en los que la opinión de los demás haya perjudicado a una persona.

Las tres gracias (1630-1635), de Peter Paul Rubens, representaban un canon de la belleza femenina muy diferente al actual.

La belleza exterior e interior

Hasta ahora hemos explorado una visión estereotipada de la belleza en la que parece que el ser guapo es una maldición que anula cualquier destello de inteligencia. Pero no hay que dejarse arrastrar por los estereotipos para mirar más allá. Hay que fijarse en personas que ponen en práctica la máxima latina *mens sana in corpore sano*, ejercitando su cuerpo mediante la práctica regular de algún deporte, y su inteligencia mediante el aprendizaje de diferentes disciplinas.

Por suerte, hoy en día cada vez son más los partidarios de esta filosofía de vida y hay muchas personas que pueden llamar la atención por su aspecto físico, pero también están bien preparadas en muchos ámbitos de la vida.

Inteligencias múltiples

¿Sabías que la máxima latina *mens sana in corpore sano* tiene su actualización en nuestros días en un modelo de inteligencias de Howard Gardner que afirma que no hay una única inteligencia sino ocho, siendo una de ellas la asociada al cuerpo y a su expresión?

Modelo de extrema delgadez en un desfile de moda de Guy Laroche (Fashion Week de París, 2007).

La tarea de las personas corrientes

Los estereotipos se crean a partir de casos extremos, pero todos podemos contribuir a destruirlos sin necesidad de ser modelos, culturistas o grandes intelectuales. En realidad, la inmensa mayoría no lo somos y, sin embargo, nos esforzamos por cultivarnos en nuestra totalidad.

Por otra parte, el concepto de la belleza exterior ha variado infinidad de veces a largo de la historia. Hoy se consideran atractivos los cuerpos esbeltos, que a menudo tienden a una delgadez enfermiza, pero en otros tiempos, no tan lejanos, el ideal de belleza era bien distinto, como se puede comprobar en cuadros y fotografías.

En cambio, la belleza interior es atemporal y todos la poseemos en gran medida. Es difícil de definir, pero fácil de percibir en los demás, aparece cuando admiramos a alguien por la bondad de sus actos, por su nobleza y generosidad, porque hace lo posible para que el resto se sienta bien, porque actúa sin tener en cuenta sus intereses ni las opiniones ajenas.

La belleza que importa

En general, la belleza interior y la exterior se manifiestan de manera conjunta. En ocasiones, conoces a alguien que a primera vista no parece especialmente atractivo, pero que, a medida que vas descubriendo y apreciando su forma de comportarse y de tratar a quienes le rodean, acabas por verlo de una manera muy diferente. Incluso te parecerá muy distinto «por fuera» de lo que fue tu primera impresión.

Por el contrario, imagina que conoces a alguien que te parece a primera vista muy atractivo, pero que después de un rato viendo cómo se comporta te parece que su manera de ser dista mucho de lo que esperarías de una persona agradable; seguro que esa persona ya no te parece tan interesante.

Si reflexionamos sobre cuál de las dos bellezas es más importante, la respuesta es clara: aunque ambas son vitales y debemos cuidarlas, la belleza interior no es subjetiva, no depende de los ojos del observador, te acompaña siempre y crece contigo; en cambio, la exterior depende de la edad, de la moda, de la opinión de los demás y, a veces, se puede perder o verse dañada de golpe (por ejemplo, por una enfermedad grave o un accidente).

Las relaciones que se forjan sobre la belleza interior duran toda la vida y te hacen más feliz a ti y a los demás.

Fotograma de la película *King Kong* (2005), dirigida por Peter Jackson y protagonizada por la «bella» Naomi Watts.

La película de animación *La bella y la bestia* (1991), dirigida por Gary Trousdale y Kirk Wise, y producida por Walt Disney, es una alabanza al peso que la belleza interior tiene y ha de tener sobre la exterior.

Para pensar

1. Responde las siguientes cuestiones:
   - ¿Qué es más importante, en tu opinión: la belleza interior o la exterior?
   - ¿Cuál cambia más deprisa?
   - ¿Cómo se puede trabajar la belleza interior? ¿Y la exterior?
   - Pon algún ejemplo de personas que te parezcan bellas por dentro y por fuera.
2. Averigua los argumentos de las dos películas que aparecen en esta página y relaciónalos con el tema de la unidad.

Jana Vicente

Jana es gallega, pero ha vivido en muchos lugares diferentes. Jugaba en el equipo femenino de balonmano profesional de Castilla y León y ahora practica natación con regularidad. Es licenciada en Químicas y, mientras estudiaba la carrera, trabajó como azafata, cuidando niños o de monitora en un gimnasio. Ahora es visitadora médica y también ejerce el voluntariado en un hospital dando clases particulares a niños que permanecen ingresados durante largos periodos de tiempo.

El atractivo de la simpatía

¿Qué te gustaba más cuando estudiabas?

Me gustaban las ciencias en general, especialmente todo lo que tenía que ver con la investigación y el laboratorio, pero también las matemáticas.

¿Qué es lo que más disfrutas haciendo ahora?

Disfruto mucho relacionándome con la gente. En mi trabajo conozco a muchas personas nuevas y eso me enriquece.

¿Crees que es suficiente una cara bonita para que te vaya bien en la vida?

No, el don de gentes me ha servido mucho cuando he trabajado de azafata de congresos o en las carreras de Fórmula 1, pero cuando te decides a buscar algo más serio, tienes que demostrar que vales.

¿Qué cosas crees que son importantes para ser feliz?

Creo que lo más importante es estar bien contigo misma, dormir con la conciencia tranquila y rodearte de gente que te quiera, tus amigos y tu familia.

¿Crees que el tópico de las «rubias tontas» y los «musculitos sin cerebro» tiene algo de verdad?

A veces sí, depende de los ambientes, pero yo he trabajado en un gimnasio y cada vez están más llenos de personas obsesionadas con dar ese perfil. También va por modas y en algunos lugares más que en otros.

Practicas muchos deportes, ¿solo para mantenerte en forma o por otras razones?

Me gusta mucho hacer deporte, especialmente los deportes de equipo porque te enseñan a relacionarte y a ganar confianza en ti misma. Aunque ahora ya no tengo mucho tiempo, sigo aprovechando las oportunidades para mantenerme en forma y me encanta nadar. Quiero buscar algún equipo de aficionados para poder seguir practicando.

¿Qué es lo más importante a la hora de elegir pareja?

Lo físico a primera vista cuenta, pero poder tener una buena comunicación, basada en el respeto y la confianza mutua, es fundamental para la pareja.

Danos un consejo para los alumnos preocupados ahora por cómo serán físicamente en el futuro.

Si te gustas a ti mismo, es más fácil que gustes al resto. La simpatía es la cualidad que nos hace más atractivos.

La felicidad de ser actor

¿Qué es lo que más te gusta de tu profesión?

Me encanta la posibilidad de encarnar distintos personajes, sobre todo los que están más alejados de mi persona.

¿Qué te llevó a dedicarte a la interpretación?

Después de acabar una carrera por inercia, dejé todo para irme a Londres a trabajar de camarero y estudiar guion cinematográfico e interpretación.

Dejaste tu tierra para irte a trabajar fuera. ¿Fue difícil?

Fue muy difícil, pero sabía que valía la pena.

¿Crees que es suficiente una cara bonita para actuar?

Por supuesto que no. Una cosa es ser modelo y otra cosa es ser actor. El talento y el trabajo son básicos para poder convertirte en un buen actor.

¿Cómo cambia el día a día ser famoso?

Si no quieres jugar al «famoseo», puedes seguir haciendo tu vida de la misma manera que siempre.

¿Qué es lo más duro de la vida de actor?

Lo más duro es cuando te sientas a esperar que suene el teléfono y no suena.

¿Qué cosas crees que son importantes para ser feliz?

Una persona para ser feliz tiene que estar realizada y así puede hacer feliz a las personas que la rodean. Para mí fue importante descubrir qué quería hacer con mi vida.

¿Crees que el tópico de las «rubias tontas» y los «musculitos sin cerebro» tiene algo de verdad?

He tenido la suerte de viajar y de conocer a muchas personas. Creo que es un error prejuzgar a alguien. Pensando de esa forma puedes perderte a alguien interesante.

Practicas deportes, ¿solo para mantenerte en forma?

Soy deportista desde muy joven y los practico porque me ayudan a sentirme bien en todos los aspectos. También, el yoga: trabajar la respiración y los estiramientos me ayuda.

¿Crees que ser actor dificulta las relaciones de pareja?

Eso siempre va a depender de cada persona.

Danos un consejo para los alumnos que pueden estar pensando en dedicarse al mundo del espectáculo.

Pregúntate si de verdad es lo que quieres hacer en la vida y, entonces, lánzate a por todas.

Emmanuel Esparza

Actor español de cine y televisión. Estudió Publicidad y Relaciones Públicas. Dejó su carrera y se apuntó a un taller de guion cinematográfico para luego verse inmerso en el mundo de la actuación. En los últimos años ha desarrollado una carrera de éxito como protagonista en varias producciones televisivas.

Actividades

1. Compara a estos dos entrevistados: una mujer que no es conocida y un actor que sí lo es. ¿Con cuál te identificas más? ¿Por qué?
2. ¿Qué otras preguntas les harías a cada uno de ellos?
3. ¿Crees que hay trabajos para los que el físico es importante? ¿Por qué?
4. Busca nombres de actores que no sean guapos «oficiales» y hayan triunfado. ¿Crees que el físico cuenta menos en los varones que en las mujeres? Razónalo.
5. Jana habla de la importancia de «gustarte a ti mismo». ¿Estás de acuerdo? ¿Por qué?

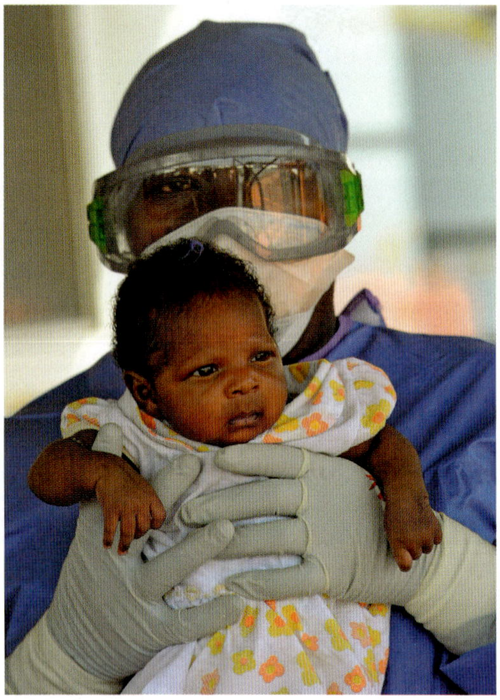

Muchos médicos anónimos luchan contra enfermedades mortales y a favor de la vida.

La belleza interior

La historia está llena de ejemplos de personas que han nacido con el don de servir a los demás y se han volcado en profesiones como la medicina, el voluntariado, el trabajo social... Sus ideales se sustentan en la generosidad y en hacer el bien a los demás. Muchos, incluso, han dado la vida por aquello en lo que creían y sus valores han sido una fuente de inspiración que ha servido de guía para otros.

Sin embargo no es necesario hacer grandes obras para estar comprometido con la sociedad, pues existen muchas formas de ayudar y ser solidario con pequeñas acciones: visitar a un anciano, hacer donaciones al banco de alimentos...

¿Qué son los Cafés Pendientes?

Cafés Pendientes es una iniciativa que invita a realizar una acción solidaria, sin ánimo de lucro y basada en la confianza. Consiste en pagar anticipadamente un café a alguien que no tiene recursos para comprarlo.

Esta idea surgió en Nápoles, Italia, con el nombre de «Caffè Sospeso» y gracias a las redes sociales se está extendiendo a varios países, con muy buena respuesta de la gente.

¿Quién soy?

Me llamo Gonzalo y soy un joven de Barcelona profesional del «marketing online» que quiere impulsar una idea solidaria para ver cómo la gente realiza actos generosos, sencillos y de bajo coste. El ser solidario puede estar al alcance de muchos y ahora es más fácil que nunca.

Cómo funciona

Primero se invita a bares y locales a que se sumen al proyecto. Se les explica el funcionamiento básico de la iniciativa. Cada establecimiento tendrá un distintivo identificativo que se puede imprimir y descargar desde la página web. Este distintivo reconocerá el local como adherido a la iniciativa.

Actividades

1. ¿Qué cosas son más importantes para ti? Haz una lista de diez cosas que consideras esenciales. Compártela con tus compañeros. ¿Qué cosas coinciden? ¿Cuáles son diferentes?
2. Pon dos ejemplos de situaciones en las que ser fiel a lo que tú valoras te supone algún sacrificio o te obliga a renunciar a otras cosas.
3. A veces se producen conflictos. Algunos valores o intereses colisionan con otros y nos cuesta tomar decisiones. ¿Puedes poner algún ejemplo?
4. Haz una lista de los rasgos que contribuyen a la belleza interior de las personas. Te proponemos algunos, pero puedes añadir los que más te gusten: bondad, generosidad, simpatía, sinceridad, optimismo, solidaridad, valor, fortaleza. ¿Qué importancia le das a cada uno de estos?

El cuidado de uno mismo

Si hiciéramos una encuesta para definir el concepto de salud, muchos la definirían como ausencia de enfermedad. Pero, después de leer la definición de la OMS, se puede afirmar que la salud no es una forma de supervivencia o de no enfermar, sino de disfrutar plenamente y de crecer como persona en el plano físico, mental y emocional.

Se puede decir mucho de la cultura de un país por cómo son sus médicos. En nuestra cultura occidental el médico es la persona a quien se recurre cuando se enferma; sin embargo, en la cultura china, el médico se ocupa de que sus pacientes no lleguen a sufrir ninguna enfermedad y los sana de manera integral en los tres planos de la persona (físico, mental y emocional), íntimamente conectados.

La salud es la condición de todo ser vivo que goza de un absoluto bienestar tanto a nivel físico como a nivel mental y social.

ORGANIZACIÓN MUNDIAL DE LA SALUD

Los agentes sabían que era anoréxica y me pedían que adelgazase para desfilar.

GEORGINA WILKIN

En grupo

- Comentad las palabras de Georgina Wilkin.
- Analizad por qué la anorexia y los trastornos alimentarios son cada vez más frecuentes entre los adolescentes.
- Leed el texto sobre los cuidados de los militares y reflexionad sobre las ventajas de llevarlos a cabo habitualmente.

Los militares expertos en supervivencia extrema aseguran que las tropas que deben afrontar situaciones de supervivencia difíciles, con temperaturas extremas o escasez de suministros, están obligadas a vestir correctamente y a asearse a diario. Este cuidado cotidiano sube la moral y, al contrario, el abandono hace decaer el ánimo y perjudica la misión.

Cuidados para mantener alta la moral de las tropas

- Mantener el lugar donde se está bien ventilado.
- Ingerir suficiente agua y alimentos.
- Limpiar y mantener las instalaciones higiénicas.
- Equilibrar el tiempo dedicado a actividades y descanso.
- Dejar espacio para la intimidad.
- Prevenir los peligros que puedan amenazar la vida, el funcionamiento y el bienestar.
- Respetar las normas del grupo.

3 ¿Inmigrantes conflictivos?

¿QUÉ VAMOS A HACER?

1. Analizar los prejuicios que se han generado sobre la inmigración.
2. Saber qué derechos peligran en los colectivos de inmigrantes.
3. Diferenciar entre lo legal y lo moral.
4. Profundizar en la idea de Rawls sobre la justicia.
5. Aprender qué es el contrato social.
6. Profundizar en el concepto de dignidad humana.

Nuestra sociedad se ha convertido en una sociedad multicultural no solo porque cambian nuestras formas de pensar o conviven distintas ideologías, creencias y estilos de vida, sino también porque personas que proceden de otros países, culturas, razas y religiones comparten con nosotros el día a día en la escuela, la calle…

Muchos extranjeros no han venido hasta aquí por propia voluntad, sino que lo han hecho escapando de realidades muy duras de miseria y violencia. Otros, incluso, temiendo por su propia vida, han tenido que pedir refugio en nuestro país. Esta diversidad constituye una riqueza que nos invita a aprender unos de otros y, a la vez, presenta muchos desafíos. En ocasiones, la desconfianza hacia los que son diferentes ha generado estereotipos que desembocan en prejuicios y discriminación.

Fotos de niños judíos en el museo del campo de concentración de Auschwitz (lista del Patrimonio Mundial de la UNESCO, 1979), Polonia.

Un episodio vergonzoso del siglo XX

El Holocausto terminó con la vida de más de 6 millones de judíos en Europa en pleno siglo XX. De forma fría y calculada el régimen nazi alemán, liderado por Adolf Hitler, llevó a cabo un genocidio sistemático y cruel contra aquellos que no encajaban en su idea de «raza pura», por lo que discapacitados, prisioneros de guerra, gitanos y disidentes políticos fueron también víctimas de los campos de exterminio.

Más de 11 millones de personas murieron y más de medio millón tomaron parte en este exterminio. Hoy la comunidad internacional lucha contra el olvido para que las nuevas generaciones aprendan lo que el racismo, la violencia y los prejuicios pueden desencadenar.

Actividades

1. Investiga sobre las actividades que se llevaban a cabo en los campos de concentración nazis. Además de los judíos, analiza otros grupos que fueron objeto de persecución.
2. Busca en Internet el testimonio de algún superviviente del Holocausto y haz un breve resumen de su vida.
3. ¿Crees que las ideas nazis y los prejuicios siguen presentes en nuestra sociedad actual? ¿Cómo se manifiestan?

Son pobres.

Nos quitan los puestos de trabajo.

No se adaptan a nuestra cultura.

No son de fiar.

Tienen costumbres primitivas.

Son ignorantes.

Nos cuesta muy caro mantenerlos.

Actividades

1. En tu instituto o en tu barrio, ¿hay personas de otras nacionalidades? ¿Qué es lo que más te llama la atención de ellas?
2. ¿Crees que todos los inmigrantes son iguales?
3. Comenta o rebate las siguientes afirmaciones:
   - El inmigrante siempre tiene que demostrar que es dos veces bueno.
   - Los inmigrantes vienen a aprovecharse de lo que no les corresponde.

El inmigrante en la televisión

Hay muchos estereotipos que impregnan la cultura popular y que reflejan la ideología racista y los prejuicios que existen en la sociedad hacia los inmigrantes.

Las series de televisión son un reflejo de los estereotipos sociales y entre ellos surge la figura del inmigrante; en cierta medida, son el reflejo de lo que la gente siente.

Un ejemplo es la serie *Aída*. El dueño de un bar tiene un empleado de origen peruano, que además de trabajar de forma ilegal, sufre continuamente los ataques racistas del jefe, que para humillarle le ha puesto el apodo de «Machu Picchu».

El actor Óscar Reyes interpreta el papel de Osvaldo Witalcoche, más conocido por su apodo «Machu Picchu» en la serie televisiva *Aída*.

Qué será lo que quiere el negro

En el programa televisivo *El Intermedio*, que transmite La Sexta TV, han realizado un experimento sociológico con un hombre de raza negra, *Qué será lo que quiere el negro*.

Caso 1. Este hombre está vestido con ropa normal de calle y con una bolsa de deportes colgada del hombro. Va parando a los viandantes para pedirles, por favor, que le presten el móvil para hacer una llamada telefónica de urgencia a un hospital.

La respuesta más común es ignorarlo, decirle que no o, en algún caso, darle un pretexto para no prestarle el móvil.

Caso 2. Este mismo hombre se viste con un uniforme de piloto aéreo y lleva una maleta de viaje. En este caso, la acción se repite: pide prestado un móvil a los transeúntes, pero para cancelar una reserva en un restaurante de lujo.

En esta situación, la respuesta cambia totalmente y en un cien por cien de los casos el personaje consigue que le presten el móvil; además, se recogen comentarios del tipo: no importa el color de la piel, hay que confiar en las personas…

Actividades

1. Haz un repaso de las series españolas y busca otros ejemplos de personajes estereotipados.
2. Después de leer este experimento, reflexiona: ¿crees que es muy frecuente no atender a las necesidades de los demás?
3. ¿Piensas que los españoles son solidarios con los extranjeros?
4. ¿Se trata igual a los inmigrantes de origen europeo que a los de origen africano?
5. Analiza el tipo de discriminación que se da en los dos casos. ¿Se puede hablar de discriminación racial o económica?

El inmigrante en la música

La canción *Tu enemigo*, un gran éxito musical de 2016, cantada por Pablo López y Juanes, refleja las fobias tradicionales sobre los extranjeros que vienen a nuestro país a ganarse la vida. Aunque hay muchos españoles que luchan contra el racismo, otros proyectan sentimientos xenófobos hacia los que tienen distinta lengua, raza, religión… y los hacen responsables de todos los males que afectan a la sociedad.

Tu enemigo

Bajo la sombra he visto otra montaña,
bebiendo sin permiso de otro río,
alimentando al monstruo de la rabia,
tu enemigo.

Que viene a tu país a profanarte,
que pisa la ciudad sin tu permiso,
que sacará tus cosas de la calle,
tu enemigo.

Si estos idiotas supieran
que yo soy el hombre más rico del mundo así,
viviendo de tus abrazos.
Olvidaron que el hombre no es más que un hombre,
que tus manos son mi bandera
y que tengo de frontera una canción.

No me preguntes para qué he venido,
pregúntate mejor cómo has llegado,
puede que seas el hijo de algún hijo de un esclavo.

Ven y háblale de frente a tu enemigo,
ven y háblale de frente a tu enemigo,
culpable del amor, trabajo y tierra,
culpable del amor, trabajo y tierra,
culpable de vivir en el camino,
por tu guerra.

Si estos idiotas supieran
que yo soy el hombre más rico del mundo así,
viviendo de tus abrazos.
Olvidaron que el hombre no es más que un hombre,
que tus manos son mi bandera
y que tengo de frontera una canción.

PABLO LÓPEZ Y JUANES

Actividades

1. Escucha la canción. ¿A qué crees que se refiere con «puede que seas el hijo de un esclavo»?
2. Busca en la historia de España momentos o relatos en que los españoles hayamos sido emigrantes. ¿Crees que eso debería influir en nuestra actitud hacia los que llegan?
3. Busca otras canciones que se refieran a inmigrantes. ¿Qué imagen dan de ellos?

El inmigrante en el cine

14 kilómetros

Dirigida en 2007 por Gerardo Olivares.

Principales intérpretes: Adoum Moussa, Illiassou Mahamadou Alzouma, Aminata Kanta.

Catorce kilómetros es la distancia que separa África de Europa. Muchos africanos se concentran para cruzar el estrecho de Gibraltar y dar el salto a Europa. La necesidad no entiende de países ni de fronteras. Buba, Violeta y Mukela emprenden una larga travesía por Malí, Níger, Argelia y Marruecos.

Todos pensamos que la parte más complicada es el viaje en patera de Marruecos a España. Pero nada de eso. Lo peor es el desierto del Teneré, cerca de Níger. Algo así como 1000 kilómetros en los que solo ves arena, estás a casi 50 grados de temperatura media y no hay ninguna sombra donde cobijarte. Quienes mejor conocen aquello son los tuaregs, que lo atraviesan montados en sus camiones y siempre te cuentan que han recogido por la noche algún que otro cadáver de subsaharianos.

GERARDO OLIVARES, de la entrevista concedida a www.elmundo.es (5 de diciembre de 2007)

Proverbio

Entristécete no porque los hombres no te conozcan, sino porque tú no conoces a los hombres.

CONFUCIO

Actividades

En grupo

1. Buscad información en Internet sobre cómo viven algunos inmigrantes en Ceuta y en Melilla.
2. Comentad las palabras del director de la película *14 kilómetros.*
3. Visualizad el cortometraje *Proverbio chino*, realizado por Francisco Javier San Román Martínez, premio Andalucía Migraciones (2007) y nominado al Goya, y contestad a las siguientes cuestiones:
   - ¿Creéis que este corto es un reflejo de la realidad?
   - ¿Puede un camarero cubano trabajar en un restaurante chino? Argumentad vuestra respuesta.
   - Haced una lista de los tópicos que reflejan la diversidad cultural.
4. Comentad el proverbio de Confucio.

Para pensar

1. Lee el siguiente testimonio:

Forasteros

Ya no me acuerdo de cuándo llegamos a las islas. Debe hacer al menos siete años, por lo que cuenta mi madre. Ella todavía tiene morriña, aunque por aquí no saben lo que quiere decir eso. Yo me siento de aquí, pero en clase siguen metiéndome en el grupo de las extranjeras... ¡Como si fuera igual que Marta, que ni siquiera entiende el mallorquín! O como Marina, que llegó de Colombia y tiene un acento incomprensible. Y, encima, en clase de Lengua nos ponen con Charlie y Karam, que no se aclaran ni con el castellano. Ellos hablan de volver a su tierra. Eso dice mi madre, pero yo no quiero, aquí están mis amigos. No pienso ir este verano, ya le dije que me quedo en casa del tío Luis. Allí no conozco a nadie y encima se burlan porque dicen que hablo cantando, por el acento...

2. ¿Crees que es una situación real?
3. ¿Qué le contestarías a la protagonista?
4. Si estuviera en tu clase, ¿qué podríais hacer para ayudarla?

La marginación económica

Es fácil hablar sobre inmigración cuando se ha vivido esa experiencia, pero intenta imaginar que un día cualquiera, al volver del colegio, tus padres te dicen que están en una mala situación económica y que en unos pocos días tendréis que trasladaros a otro país donde esperan poder salir adelante y te aconsejan que empieces a despedirte de tus amigos porque no los volverás a ver.

Todo pasa muy deprisa y cuando ya estás en el nuevo lugar, te fijas en que no te miran de la misma manera. Lo percibes en el colegio, aunque todavía no conoces bien el idioma, y en casa te das cuenta de que tus padres no están contentos, por mucho que intenten poner buena cara para no contagiarte su angustia. Para colmo, nada sobra en casa, ni la comida, hasta que alguno de los dos encuentre trabajo.

Cuando tus padres consiguen por fin un trabajo infinitamente más modesto del que tenían, te sientes más animado, ¡pronto se solucionará todo! Pero enseguida viene la decepción, a pesar de las largas jornadas laborales, ambos cobran un salario con el que apenas llegan a final de mes para pagar el alquiler y comprarte esas cosas que tanto necesitas: libros de texto, material escolar y, por supuesto, otras zapatillas; cada vez se te quedan pequeñas antes.

Algunos días casi ni los ves, y cuando los ves, están tan cansados...

Dos historias motivadoras

Personas de todo el mundo, independientemente de cuál sea su lugar de origen, nos enriquecen cada día con sus experiencias ejemplares.

Óscar Vázquez. *Inmigrante de origen mexicano que en 2016 fue invitado personalmente por el presidente Barack Obama, en calidad de inmigrante ejemplar, para asistir al discurso sobre la situación actual de la política migratoria en Estados Unidos.*

Después de diecisiete años instalado en Estados Unidos, su equipo escolar de Secundaria, con recursos muy escasos, venció en un campeonato sobre ciencia al prestigioso Massachusetts Institute of Technology (MIT) y le dio tanta fama que su historia inspiró el documental Underwater Dreams y la película Spare Parts. Esta victoria le permitió especializarse en STEM, que engloba varias disciplinas académicas (ciencia, tecnología, ingeniería y matemáticas). La mezcla de las distintas ramas optimiza el potencial de cada una de ellas.

En el año 2009 obtuvo el título de ingeniero, aunque no le serviría de mucho, ya que no podía ejercer su trabajo porque se le consideraba un «indocumentado». Un año después consiguió la nacionalidad estadounidense y se enroló en el ejército para participar en dos misiones en Afganistán. Actualmente, además de ser diseñador de aplicaciones, presta su ayuda como voluntario.

Joaquín Botero. *Periodista de origen colombiano que emigró a Estados Unidos, donde ejerció a lo largo de varios años todo tipo de trabajos, algunos escasamente remunerados. Sin embargo, siempre tuvo tiempo para poder disfrutar de su verdadera ilusión, escribir.*

Ya ha publicado tres libros en los que da testimonio de su experiencia como inmigrante en distintas ciudades, ayudando de esta manera a todos aquellos que sufren y tienen dificultades en su vida diaria.

He trabajado de periodista y durante meses he cortado queso, sacado la basura y lavado los platos. Hoy escribo desde la oficina de prensa de la alcaldía de Nueva York. Hace años lavaba platos a pocas calles de aquí. [...] Si me tocara volver a sacar la basura, lo haría. Aquí no valen cuentos con el estatus, el prestigio o la profesión. Aquí hay que ganarse la vida en lo que sea.

Sara Verdú

Sara es jurista, experta en derechos humanos, refugio, migraciones, desarrollo e intervención social. Activista en movimientos de solidaridad internacionalista y promigración. Ha trabajado en organizaciones de defensa de los derechos humanos como CEAR. Actualmente, trabaja en Valencia Acoge, entidad que desarrolla su trabajo en defensa de los derechos de los inmigrantes.

Todos tenemos nuestros derechos

¿Qué trabajo realizas en tu organización?

Trabajo en el área jurídica, de igualdad de trato y no discriminación en Valencia Acoge. Desde allí enseñamos a las personas venidas de fuera cuáles son sus derechos y sus obligaciones.

¿Cuáles son los problemas más importantes en el ámbito del refugio y la inmigración?

Las diferencias de trato hacia las personas en función de su país de procedencia. Las personas que vienen lo hacen porque huyen de la guerra, el hambre, la persecución o las catástrofes. No podemos cerrar la puerta a los padres que salen de sus países en busca de una vida mejor para sus hijos o para evitar la muerte.

¿Por qué has elegido trabajar en este campo?

Porque trabajar con mujeres, refugiados, emigrantes o menores es una escuela en la que no se para de aprender. Pero lo más importante es buscar justicia para los excluidos y olvidados de la sociedad. Colectivos a quienes se niegan los derechos fundamentales, incluida la supervivencia.

¿En qué valores hay que profundizar en la adolescencia?

La justicia, la solidaridad, el respeto a la diversidad, la diferencia, la no violencia, el bien común, etc.

¿Por qué hay tantos prejuicios con los inmigrantes?

Los prejuicios son el resultado de la ignorancia y el desconocimiento. Se les ha acusado, de forma injusta, de venir a quitarnos el trabajo, pero los estudios demuestran que son un motor para generar riqueza en los países de acogida.

¿Puedes compartir alguna experiencia especial para ti en tu trayectoria de compromiso con la inclusión?

La solidaridad entre los que huyen de sus países y se quedan paralizados en la valla de Ceuta o Melilla, la visita a las cárceles donde se recluye a las personas solo por no tener papeles, los adolescentes que han cruzado el estrecho de Gibraltar jugándose la vida… Son experiencias que te ayudan a conocer la injusticia y determinan tu compromiso vital. Emigrar no es una opción, es una obligación moral si quieres procurar una vida digna a tu familia.

¿Qué pueden hacer los alumnos de Secundaria para colaborar en un mundo más justo?

En primer lugar tener una actitud interesada por entender qué es el mundo. Una vez que conoces la injusticia, lucha para acabar con ella.

El respeto nace del conocimiento

¿Qué haces ahora en tu trabajo?

En mi trabajo actual me encargo de dinamizar un banco del tiempo, una iniciativa solidaria y gratuita donde ponemos en contacto gente de diferentes culturas para intercambiar servicios, conocimientos, habilidades y crear comunidad.

¿Por qué decidiste venir a España?

Sufría de epilepsia y allá, en los campamentos de refugiados donde nací, no tenía tratamiento, las crisis iban en aumento y cada vez eran más virulentas. Los médicos recomendaron que se me buscara un tratamiento fuera, entonces mis padres se pusieron en contacto con una asociación de apoyo al pueblo saharaui y después de examinar mi estado, me evacuaron de allí para poder ser tratado en España.

¿Qué dificultades encontraste al llegar?

Muchas barreras: el idioma, la forma de vida, las costumbres de aquí, los problemas administrativos, el vacío social, las dificultades para trabajar y para estudiar.

¿Por qué hay tantos prejuicios con los inmigrantes?

Creo que los prejuicios existen por desconocimiento, desconfianza, miedo al extraño, resistencia a la novedad o por simple ignorancia. También hay otro factor añadido, el del papel de los medios de comunicación, que, lejos de luchar contra esos prejuicios, a veces los alimentan más.

¿Cómo crees que se pueden vencer esos prejuicios?

No existen recetas. Hay que fomentar el conocimiento mutuo, buscar riqueza en la diversidad y procurar que las personas desmonten los mitos que se han ido construyendo sobre la inmigración: nadie viene a quitar, sino a sumar; nadie viene a imponer, sino a compartir; nadie viene a invadir, sino a convivir.

¿Puedes compartir alguna experiencia especial para ti?

Hace unos diez años, cuando estaba a punto de coger un tren de cercanías con mis amigos, dos policías se acercaron y me pidieron la documentación. Yo estaba acostumbrado, pero mis amigos se indignaron hasta tal punto que tuve que mediar. Ese gesto de mis amigos fue muy especial para mí.

¿Qué pueden hacer los alumnos de Secundaria para colaborar en un mundo más justo?

Los estudiantes tienen que animarse a conocer gente diferente. Pueden hacer un mundo mejor, dando acogida a los compañeros que vienen de otros lugares y mostrándoles su cultura.

Mustapha Mohamed Lamin Ahmed

Nació en el Sáhara Occidental, en un campo de refugiados a causa del conflicto entre el Frente Polisario y Marruecos. Fue evacuado a España por sus problemas de salud. Actualmente trabaja en el Centro de Estudios para la Integración Social y Formación de Inmigrantes, una fundación de la Comunidad Valenciana, específicamente en una iniciativa llamada «Red de intercambios».

¿Qué diferencia hay entre lo legal y lo moral?

> **No importa que los acuerdos e instituciones funcionen bien y sean eficaces y ajustados a ley o norma; si son injustos, deben ser reformados o abolidos.**
>
> JOHN RAWLS, *Teoría de la justicia*

A veces hay decisiones o situaciones que no son justas, a pesar de estar permitidas o ser legales. Las mismas leyes encierran contradicciones o dejan en desamparo a las personas más débiles.

El filósofo estadounidense John Rawls, profesor de la Universidad de Harvard, es autor de *Teoría de la justicia.* En esta obra describe una situación ideal, imaginaria, a la que llama «posición originaria». Cada vez que nos reunimos a decidir sobre los derechos y deberes deberíamos imaginar que estamos al principio de los tiempos, que somos los primeros hombres y mujeres de la historia y que no estamos condicionados por la raza, el lugar de residencia, los privilegios o las experiencias que nos impiden pensar sin egoísmo. Esto nos permitiría establecer y respetar los derechos mínimos que se deben reconocer a todos los seres humanos independientemente de su lugar de origen. Esa es la forma de llegar a la justicia, que es para él la virtud más importante de las instituciones sociales.

Actividades

1. Busca en Internet definiciones sobre el término «justicia». ¿Crees que la justicia es igual para todos?
2. Comenta la cita de Rawls y di si estás de acuerdo con ella.
3. Haz una lista de situaciones en las que se enfrentan la crisis de valores y las normas legales.
4. Lee el caso de Aída Quinatoa, en la página web de la BBC y responde. ¿Crees que se trata de un hecho aislado? ¿Podríamos hablar de un conflicto entre lo que es legal y lo que está bien? ¿Por qué?
5. El problema de los desahucios, ¿solo afecta a los inmigrantes?

España: los inmigrantes y la trampa de las hipotecas

PAULA VILELLA. MADRID

Aída Quinatoa no quería comprarse un piso, pero la necesidad de tener una vivienda en la que recibir a su hermana y las dificultades que encontró para alquilar la llevaron a la Central Hipotecaria del Inmigrante.

En esta inmobiliaria le facilitaron el aval que necesitaba para solicitar un crédito en el banco con la condición de que firmara otro para una familia desconocida, asegura.

«Como un castillo de naipes, fuimos cayendo poco a poco», cuenta Aída [...].

El contrato social

El contrato social es un acuerdo que los ciudadanos y el Estado adoptan para someterse voluntariamente a unas normas y leyes que protegen la convivencia y los derechos.

La dinámica de los contratos sociales no es otra que regular el intercambio de bienes y servicios entre las personas.

Como todas las personas no tenemos las mismas necesidades, ni las mismas oportunidades, ni los mismos recursos y medios, los contratos sociales tienen que contemplar esta posibilidad para establecer mecanismos que garanticen un equilibrio: son los principios complementarios de igualdad y diferencia. Todos somos iguales y tenemos las mismas necesidades, pero no en la misma medida y al mismo tiempo: esto es algo que si no se contempla, genera injusticias y despilfarro de recursos. Los contratos sociales deben garantizar el funcionamiento de la cooperación social (deberes de las personas) y distribuir los beneficios (derechos de las personas).

En una sociedad, el contrato social no está equilibrado si tenemos derechos y no cumplimos con nuestras obligaciones.

No hay problema en que algunos en la sociedad obtengan mayores beneficios, si con ello se mejora la situación de los más débiles y empobrecidos.

JOHN RAWLS

Para tu reflexión

- Rawls habla de que existen ricos y pobres, y del compromiso que deben tener los mejor situados, tanto en lo material como en lo cultural, de ayudar a los que más lo necesitan. ¿Crees que esto ocurre en realidad? ¿Qué hacen, en tu opinión, los poderosos de nuestra sociedad hoy? Busca iniciativas de ayuda y colaboración con colectivos desfavorecidos.
- Vamos a analizar más en profundidad los deberes ciudadanos en la Constitución de 1978. Elabora:
  - Una lista de los deberes del ciudadano que recoge nuestra Constitución.
  - Ordena esa lista de más a menos importante para establecer una jerarquía en función de su importancia ético-cívica.
  - Comenta esta lista en clase con tus compañeros. Ten en cuenta la opinión de la gente, las noticias y di cuáles son los deberes ciudadanos que se quebrantan con mayor frecuencia.

4 ¿Millonarios o emprendedores?

¿QUÉ VAMOS A HACER?

1. Conocer el estereotipo del emprendedor.
2. Racionalizar el uso del dinero.
3. Saber compaginar la iniciativa emprendedora con una actitud ética.
4. Aprender qué es la responsabilidad social corporativa.
5. Definir qué es el emprendimiento social.
6. Elegir el camino más acertado.
7. Definir el liderazgo y el trabajo en equipo.

En la época actual, la mayoría de la gente adinerada invierte su patrimonio en la creación de empresas y se ha generalizado el estereotipo del millonario sin escrúpulos. Sin embargo, en el mundo de la empresa, gracias a su capacidad de emprendimiento, se los considera los motores del progreso, de la generación de empleo y de la riqueza.

Los emprendedores están bien valorados socialmente y se les identifica como aquellas personas que tienen éxito en sus empresas. De temperamento fuerte y constante, son capaces de liderar grupos humanos en diferentes circunstancias.

Pero la capacidad emprendedora es una actitud, una manera de ser que, aunque puede aplicarse a una profesión o una iniciativa empresarial, también se manifiesta en la vida privada, en el compromiso social y en el trabajo. Supone encontrar sentido a aquello que hacemos y aprender a ser perseverantes para lograr un propósito a pesar de las dificultades.

Jérôme Jarre, creador de la red social Vine.

Una manera de ver la vida

Jérôme Jarre nació en Francia en 1990. A los 20 años se fue a China y pronto creó varias pequeñas empresas tecnológicas (*startups*). Muy joven empezó a editar vídeos en la red social Vine cuyo objetivo era hacer reír y alcanzó un notable éxito.

En un vídeo, cuenta un amigo suyo que le planteó la siguiente pregunta: «Si tuvieras 99 años y estuvieras en tu lecho de muerte y pudieras volver al punto donde estás hoy, ¿qué harías?». Y esa pregunta le sirve de inspiración cuando llega a un punto en que tiene que preguntarse si está haciendo lo correcto para vivir según sus principios.

En cierta ocasión, rechazó una oferta que le hubiera permitido ganar un millón de dólares por no apartarse de lo que él considera su destino.

Para pensar

1. ¿Crees que tienes una actitud emprendedora en tu vida y tus estudios?
2. ¿Actúas manteniéndote fiel a tus objetivos y tus principios?
3. Si te hicieran la misma pregunta que a Jérôme, ¿qué responderías?

Son inmensamente ricos.

Solo les interesa obtener más beneficios.

Para ellos únicamente existe su empresa.

Son casi siempre hombres.

No les importa la familia ni los amigos.

No disfrutan de su dinero porque siempre están trabajando.

No tienen sentimientos.

Actividades

1. ¿Realmente piensas que todos los empresarios son iguales?
2. ¿Qué diferencia hay entre un pequeño empresario y uno grande?
3. ¿Por qué crees que hay más hombres en el mundo de los empresarios?
4. Busca información en Internet y haz una lista de los empresarios, hombres y mujeres, más destacados del panorama español. Después, analiza con qué tipo de negocios han alcanzado el éxito.

Siempre están en reuniones y viajes de negocios.

La iniciativa

En muchas ocasiones, la actitud del emprendedor se percibe como una muestra de agresividad o ambición mal entendida y ha dado lugar a estereotipos como la avaricia, la insolidaridad, la frialdad…

La iniciativa es una actitud entusiasta para el logro de determinadas metas propuestas por el propio individuo.

Así, la iniciativa es un elemento clave para el emprendimiento. Sin este impulso no es posible llevar a cabo proyecto alguno; se quedaría en unas ideas que no serían más que una declaración de buenas intenciones.

Las personas enérgicas y entusiastas son aquellas que creen en su capacidad para transformar las cosas, en sí mismas, en los demás y en la fuerza para transformar el mundo y su propia realidad.

El entusiasmo es acción y transformación.

La actitud del emprendedor

Un espíritu emprendedor tiene una enorme capacidad para asumir riesgos. Cuando se va a poner en marcha una idea, actividad o proyecto hay que arriesgarse en el momento de tomar decisiones. Los emprendedores con éxito desarrollan estrategias para analizar previamente los riesgos a los que se exponen.

Para saber gestionar estos riesgos, se pueden desarrollar algunas estrategias:

- Aceptar las responsabilidades para asumir las consecuencias.
- Tener confianza ante situaciones de incertidumbre.
- Esforzarse en la ejecución de las diferentes tareas.
- Reconocer posibles riesgos en diferentes situaciones.
- Identificar las consecuencias de una decisión.

Actividades

Para tu reflexión

1. Imagina que cuentas con los medios mínimos necesarios para montar un negocio. ¿Qué tipo de proyecto pondrías en marcha?
2. Explica la cita relacionada con el entusiasmo.
3. ¿Consideras que tienes una actitud emprendedora ante la vida?

Ilustración de Arthur Rackham en la que el señor Scrooge es visitado por el fantasma.

Millonarios en la literatura

Uno de los hombres de negocios más famosos de la literatura universal es el avariento señor Scrooge, personaje de *Cuento de Navidad,* del escritor inglés Charles Dickens. Scrooge vive miserablemente a pesar de que es rico y obliga a su empleado, el honrado padre de familia Bob Cratchit, a trabajar incluso en Navidad, porque odia esa fiesta en la que todo el mundo está contento excepto él. La visita de unos fantasmas que le muestran las Navidades pasadas, presentes y futuras le hace recapacitar y replantearse su vida.

Emprendedores en el cine

El cine ha dado muchos ejemplos de la imagen estereotipada del mundo empresarial, algunos de ellos protagonizados por mujeres, como en *El diablo viste de Prada.*

El diablo viste de Prada

Título original: *The Devil Wears Prada.*
Director: David Frankel (2006).
Principales intérpretes: Meryl Streep y Anne Hathaway.

Basada en hechos reales, cuenta la experiencia de Andy Sachs, una joven que entra a trabajar a las órdenes de Miranda Priestly, la despiadada directora de una revista de moda muy influyente que, obsesionada con el éxito, solo vive para su trabajo y exige a sus empleados una dedicación ciega y absoluta, sin importar el coste que pueda suponerles en sus relaciones familiares y personales.

Fotograma de la película *El diablo viste de Prada,* dirigida por David Frankel.

Actividades

1. ¿Qué diferencia existe entre ser empresario y ser emprendedor?
2. ¿Conoces a algún empresario famoso? ¿Qué sabes de su biografía? ¿Qué negocios le han catapultado a la fama?
3. ¿Crees que hay muchos empresarios o empleadores como el señor Scrooge?
4. Pon ejemplos de personajes millonarios en el cine, cómics, series, novelas...

Emprendedores en el humor

El señor Burns y el Tío Gilito son dos ejemplos de la avaricia personificada.

El señor Burns es un personaje de la serie de animación *Los Simpson.* Es el jefe de la central nuclear de Springfield, un tirano implacable que vive con un doble propósito: ganar más y no gastar ni un centavo de la fortuna que ya posee.

El Tío Gilito, pariente del Pato Donald, es tan rico como tacaño. Sus pupilas se transforman en símbolos del dólar en cuanto ve la mínima oportunidad de ganar más dinero.

El señor Burns, personaje de *Los Simpson,* es el estereotipo del capitalista desalmado.

Con 66 años de vida ficticia, el personaje más rico sigue siendo uno de los clásicos entre los clásicos: el Tío Gilito. Con una fortuna valorada en 65 400 millones de dólares, si el pato más avaro de la tele existiera, sería la tercera fortuna más importante del mundo, solo por detrás de Carlos Slim y Bill Gates.

Según explica la revista norteamericana [*Forbes*], la lista se ha llevado a cabo teniendo en cuenta el número de novelas, películas, programas de televisión y juegos en los que participa el personaje, para después valorar ese «patrimonio» de acuerdo a criterios reales.

Tío Gilito, el personaje más rico del mundo
www.expansion.com
(15/09/2013)

«Quizá animamos excesivamente a nuestros empleados a correr riesgos».

Actividades

En grupo

1. Comentad la relación que tiene el señor Burns con sus empleados.
2. Buscad información en Internet y explicad qué es la lista Forbes.
3. Comentad si os resulta graciosa o no la viñeta de arriba.

Pedro Cavadas, cirujano plástico de fama internacional.

Bono, cantante y líder de la banda U2, además de apoyo económico, presta su imagen a causas como la supervivencia de la selva amazónica o la ayuda a las víctimas del sida.

Se puede emplear bien el dinero

A pesar de los estereotipos, no se puede aseverar que los millonarios son tacaños o que los empresarios son despiadados, pues hay muchos ejemplos que demuestran lo contrario. Existe una solidaridad directa de personas y de empresas con conciencia social que hacen una gran labor para cambiar el mundo.

Fundación Pedro Cavadas

Se fundó en Kenia y se dedica a la cirugía reconstructiva en África. Según sus propias palabras, el propósito de la fundación es ayudar a aquellos que no pueden elegir y, a la vez, devolver aquello que nos ha sido dado.

Giving Back Found

Es una fundación estadounidense de la que forman parte deportistas, cantantes o actores multimillonarios que donan importantes sumas de dinero para prestar ayuda a diferentes causas solidarias. Algunos de sus miembros más conocidos son los actores Angelina Jolie y Brad Pitt, la actriz y cantante Barbra Streisand o la presentadora de televisión Oprah Winfrey, que destinan millones de dólares para programas dedicados a mejorar las condiciones de vida de mujeres y niños de todo el mundo.

Grupo bancario Triodos

La actividad filantrópica no es la única manera de emplear bien la riqueza. La banca, que es un sector con una imagen deteriorada, ofrece, sin embargo, algunos ejemplos notables de conciencia cívica y emprendimiento social.

Un ejemplo relevante es el del grupo bancario independiente Triodos, que opera en Europa. En su página web declara que «el dinero no debería ser un objetivo en sí mismo, sino un medio de relación entre personas». Fiel a esta política, invierte su dinero en economía real y desarrollo sostenible, financiando proyectos comprometidos con la conservación del medio ambiente, iniciativas de cooperación social y actividades de ocio y turismo que sean capaces de mejorar el nivel cultural.

Actividades

1. Investiga qué trabajo desarrolla Cavadas dentro y fuera de España.
2. Busca las letras de canciones del grupo U2, como *Wave of sorrow* y *Where the streets have no name* y analiza los contenidos de carácter social.
3. ¿Crees que es importante la figura del artista comprometido y que presta su imagen para acciones humanitarias?
4. Consulta la página web de Triodos e infórmate de qué es la banca con valores.

El emprendimiento social

En el año 2011 se otorgó el Premio Príncipe de Asturias de Cooperación Internacional a Bill Drayton, fundador y presidente de Ashoka, la asociación de emprendedores sociales más importante del mundo.

En la década de 1980, Drayton difundió el término «emprendedor social» para referirse a emprendedores que tienen como propósito generar un cambio social. Uno de los ejemplos más conocidos internacionalmente es el de la entidad de microcrédito Grameen Bank, con sede en Bangladesh, fundada por el premio Nobel de la Paz Muhammad Yunus.

En los últimos treinta años, se han multiplicado este tipo de proyectos de emprendedores que ven una oportunidad de mejorar la sociedad, hasta el punto de que se imparten cursos en las escuelas de negocios.

Bill Drayton, premio Príncipe de Asturias de Cooperación Internacional (2011).

La responsabilidad social corporativa

Cuando las empresas controlan el impacto que ocasionan con sus actividades en todos los ámbitos, se dice que practican la responsabilidad social corporativa, que se basa en cinco principios:

- Debe cumplir las leyes internacionales.
- Debe ser global, afectando a todas las áreas de la empresa.
- Debe basarse en el compromiso ético.
- Debe identificar y prevenir el posible impacto de la actividad empresarial sobre la sociedad.
- Debe generar valor no solo para la empresa y sus accionistas, sino para toda la sociedad.

Muhammad Yunus, creador de Grameen Bank y premio Nobel de la Paz.

La Fundación Etnor

En España, la Fundación Etnor es una organización sin ánimo de lucro, fundada en 1991, que trabaja en la responsabilidad social corporativa. Su actividad se centra en:

- La investigación: desarrollan proyectos de investigación teórica y práctica para innovar.
- La reflexión: estimulan el debate entre académicos, empresarios, directivos e investigadores para fomentar la interdisciplinariedad.
- La difusión y formación de futuros empresarios: sensibilizan para el desarrollo de organizaciones éticas.
- La acción: implantan herramientas para una gestión ética de las organizaciones.

Actividades

1. Busca información en Internet y define qué es un microcrédito.
2. Piensa en quiénes pueden ser los beneficiarios de estos microcréditos.

María Batet
Es Diplomada en Magisterio y lleva muchos años dedicada en distintas instituciones a la formación para el emprendimiento y la creación de empresas. También es autora de varios libros y otros materiales educativos sobre su especialidad: emprender.

El emprendimiento se aprende

Describe quién eres y a qué te dedicas.

Soy una persona inquieta a la que le gusta relacionarse, conocer lugares, leer, hacer deporte, comer... Tengo dos hijos y disfruto aprendiendo y enseñando. Hace siete años emprendí mi proyecto, que consiste en enseñar a emprender. Si alguien tiene un proyecto y es un emprendedor que quiere mejorar sus habilidades, las posibilidades de éxito son mucho mayores. Y esta es precisamente mi labor.

¿Qué significa ser emprendedor para ti?

Para mí ser emprendedor ante todo es ser persona. Cuando nos sentimos bien, motivados, con ganas de hacer cosas, lo manifestamos poniendo en marcha nuestros proyectos. Emprendemos cuando hacemos realidad nuestros sueños y pasamos a la acción.

¿Qué valores crees que son prioritarios en un emprendedor?

En primer lugar se necesita el coraje y la valentía, pero no será suficiente si no lo acompañamos con el esfuerzo y la perseverancia. Cuántas veces flaqueamos en nuestros proyectos por la falta de estos dos valores. La humildad es otro de los valores imprescindibles.

¿Cómo podemos aprender a emprender en la adolescencia?

Para aprender a emprender es necesario tener un conjunto de habilidades que se adquieren con la práctica. Me refiero a la capacidad de imaginar, la iniciativa, la habilidad de explicar nuestros proyectos, la destreza de saber organizar y planificar..., y todo esto se puede aprender. Así que la mejor manera de aprender a emprender es impulsando proyectos, pequeños y grandes, y si es posible a partir de aquellas cosas que apasionen.

¿Qué desafíos tienen los emprendedores en este momento?

Sin duda alguna aprender a convivir con la incertidumbre de un entorno que cambia continuamente.

¿Conoces algún emprendedor con alguna idea original?

Tres compañeros amigos, aficionados a la escalada, han abierto un rocódromo en una nave industrial. Enseñan a los más pequeños la técnica de la escalada y ofrecen un lugar a los profesionales para que puedan practicar.

¿Qué hace diferente al emprendimiento social?

Pues que toda la fuerza que los emprendedores ponen en impulsar su proyecto repercute en mejorar el mundo.

Todos somos iguales

Describe brevemente quién eres y qué haces.

Después de acabar la universidad tuve varios empleos y fui combinando mi trabajo con actividades de voluntariado. Desde hace ya más de quince años colaboro con diferentes ONG, en España y en otros países como Cuba, México o Nepal. En 2005 empecé en Save the Children España, trabajando como educador con niños en situación de pobreza o en riesgo de exclusión social. Ahora soy el responsable de la sede en la Comunidad Valenciana.

¿Cómo entiendes la solidaridad?

Creo que la solidaridad parte del profundo convencimiento de que todos somos iguales, de que todos tenemos los mismos derechos y de que estos derechos deben ser respetados.

¿Qué te ha llevado a dedicar tu vida profesional a una ONG?

Pienso firmemente en que otro mundo es posible, un mundo más justo donde todas las personas disfruten de los derechos que les son propios, un mundo donde ningún niño muera por causas prevenibles, donde todos tengan acceso a una educación de calidad, donde ningún niño sufra violencia.

¿Qué es lo más relevante de tu organización?

Desde 1919 en Save the Children trabajamos para que en cualquier parte del mundo se respeten los derechos de la infancia y se acabe con las situaciones de pobreza, desigualdad y violencia que viven millones de niños.

¿Qué tipo de actividades realizáis aquí en España?

Llevamos más de veinte años trabajando en España con la infancia más vulnerable. Cada día llegamos a miles de niños a través de programas que ofrecen una atención integral para que la situación económica o de exclusión social en la que viven no les impida disfrutar plenamente de sus derechos.

¿Qué valores son los más importantes para ti en la vida?

Para mí dos valores fundamentales son la solidaridad y el compromiso; pensar que todos somos iguales, que todos tenemos los mismos derechos y trabajar cada día para que esto se cumpla.

¿Qué pueden hacer los adolescentes para contribuir al trabajo que desempeña tu organización?

Los jóvenes pueden ayudarnos muchísimo en nuestro trabajo, lo primero que les recomendaría es que consultaran nuestra página web. Además del voluntariado, se puede ser activista en las redes sociales.

Rodrigo Hernández

Tras un contacto inicial con el voluntariado, decidió dedicarse profesionalmente a esta actividad. Se especializó mediante estudios de posgrado en Cooperación Internacional, Derechos Humanos y Derechos de la Infancia. Actualmente trabaja en la delegación española de la ONG internacional Save the Children.

Immanuel Kant *(Prusia, 1724-1804) está considerado como uno de los pensadores europeos más influyentes de la filosofía de todos los tiempos. Kant opinaba que las experiencias, los valores y el significado de la vida debían estar relacionados con la capacidad de pensar de los seres humanos y de tomar sus propias decisiones.*

Kant resumió las actuaciones de las personas en tres puntos:

- *La actuación contraria al deber: no trabajo ni en casa ni en clase.*
- *Las actuaciones conforme al deber: trabajo lo mínimo para no ser amonestado, tanto en casa como en clase.*
- *Las acciones por deber: hago todo lo que puedo, no por miedo a ser amonestado, sino por decisión propia. Pienso que es mi obligación o deber.*

Kant continúa teniendo una gran influencia en la filosofía actual.

La toma de decisiones

Todos estamos constantemente enfrentándonos a problemas y decidiendo cómo solucionarlos. Muchas veces, el proceso de resolver conflictos diarios es tan automático que ignoramos cómo lo hacemos. No obstante, nuestra vida se paralizaría si no tuviéramos la capacidad de identificar las dificultades y llegar a decisiones eficaces.

La importancia de la capacidad de tomar decisiones de una forma autónoma, valorando las diferentes posibilidades y asumiendo las consecuencias posibles, es indispensable para un buen desarrollo personal. Al igual que la gestión de problemas, cuando se desarrollan diferentes estrategias para afrontarlos, analizarlos, explorar posibles soluciones y aplicarlas.

Así lo pensaba el filósofo Immanuel Kant, quien se preguntaba hasta qué punto, cuando actuamos influidos por un grupo, podemos elegir libremente y si actuamos buscando el bien común o estamos siendo manipulados. La autonomía es la capacidad de tomar las decisiones por uno mismo, y su opuesto es la heteronomía que se manifiesta cuando estamos sujetos a poderes externos que condicionan nuestra voluntad y nuestra vida.

Tomar decisiones tiene consecuencias. Kant afirma que ninguna persona puede eludir esta pregunta:

¿Qué debo hacer?

Es una pregunta decisiva para todo ser humano. Debemos pensar bien cuando elegimos qué hacer. Debemos pensar si realmente es lo que queremos y rechazar ser utilizados por otros.

Actividades

1. Piensa hasta qué punto los medios de comunicación, la publicidad, la moda, etc., determinan nuestras opiniones.
2. ¿En qué ámbitos de la vida crees que estás más condicionado a la hora de expresar tus opiniones o de tomar tus decisiones: en casa, en el instituto, con los amigos...?
3. Plantea una situación extrema en la que tengas que tomar una decisión difícil. Pon en una balanza los pros, razones que te empujan a tomar esa decisión, y los contras, razones que te inducen a tener dudas. Finalmente, explica tu decisión.

Liderazgo y trabajo en equipo

El término «líder» proviene de las palabras inglesas *lead* (conducir, guiar) o *leader* (conductor, jefe, cabeza...), que expresan orientación.

En el lenguaje coloquial, el concepto de «líder» expresa un cierto atractivo o carisma que poseen determinadas personas y que provoca el que ejerzan una determinada influencia sobre otros de una forma natural.

Liderar es un arte y para ejercerlo no es suficiente con el instinto más o menos acentuado que se posea para ello. Hay que desarrollarlo conociendo y practicando los principios aportados por la experiencia y los avances de las ciencias sociales. El líder nace y se hace. Cuando pensamos en personas emprendedoras, lo hacemos fundamentalmente en aquellas en las que se juntan tres circunstancias:

- La individualidad del líder, con su propia personalidad.
- Las peculiaridades de los seguidores.
- El contexto de la situación, es decir, las tareas que llevar a cabo y las condiciones reales en las que se desenvuelven.

Los líderes se caracterizan por generar un clima de implicación y de influencia positiva sobre los demás.

Algunas de sus estrategias son estas:

- Generar un clima de confianza.
- Repartir las tareas entre el equipo de una manera justa y equitativa.
- Saber escuchar.
- Manejar habilidades de comunicación y negociación.

- Piensa en líderes que han transformado el mundo. ¿Qué cualidades personales tienen que tener?
- El mundo está lleno de personas que no fueron valoradas en un primer momento, pero cuya vida fue exitosa:

Albert Einstein. No habló hasta una tardía infancia y sus maestros afirmaban que no «llegaría a nada».

Walt Disney. Fue despedido de un periódico «por no tener suficiente imaginación».

¿Por qué los consideramos líderes? ¿Qué podemos aprender de ellos? ¿Qué otros casos semejantes conoces?

5 ¿Funcionarios comprometidos?

¿QUÉ VAMOS A HACER?

1. Reflexionar sobre los estereotipos habituales de los trabajadores de los servicios públicos.
2. Apreciar los valores necesarios para trabajar en los servicios públicos en diferentes sectores.
3. Definir qué es la honestidad.
4. Estudiar la relación entre las virtudes y la política según Sócrates y Aristóteles.
5. Reflexionar sobre los valores cívicos.

Los seres humanos vivimos en sociedad y desde el principio de los tiempos hemos necesitado organizar nuestra convivencia. El Estado genera estructuras de funcionamiento para garantizar los derechos y hacer cumplir los deberes a los ciudadanos. Para el Estado trabajan, por una parte, los cargos políticos en los diferentes estamentos de la Administración y, por otra, los empleados públicos, casi tres millones de personas, funcionarios y contratados que ejercen su labor en sectores como sanidad, educación, orden público y todas las oficinas del Estado central y las Comunidades Autónomas. Muchos estereotipos se han generado alrededor de su trabajo, pero lo cierto es que la garantía de nuestra democracia y del bienestar de todos los ciudadanos depende en gran medida de su profesionalidad.

Un cómico habla de política

El humorista estadounidense Groucho Marx está considerado como uno de los mejores en su género gracias a su humor ácido e inteligente. A él se deben frases como las siguientes:

La política es el arte de buscar problemas, encontrarlos, hacer un diagnóstico falso y aplicar después los remedios equivocados.

El secreto de la vida es la honestidad y el juego limpio; si puedes simular eso, lo has conseguido.

Estos son mis principios. Si no le gustan, tengo otros.

Para pensar

En grupo

1. Leed las citas de Groucho Marx. Comentad cada una de ellas.
2. Buscad titulares de prensa referidos a personajes públicos de la política española. Realizad un mural que refleje la pluralidad de opiniones.
3. Haced una lluvia de preguntas sobre la actualidad política de tu localidad, tu Comunidad Autónoma y tu país.

Funcionario

Un funcionario es un empleado que desempeña funciones en un organismo público del Estado, de una Comunidad Autónoma o de la Administración local. Su tarea es servir a los ciudadanos; aunque, probablemente, en algunas ocasiones, habrás oído tópicos como que trabajan lo menos posible, que tienen unas condiciones laborales mucho mejores que las de los trabajadores de la empresa privada, que disfrutan de trabajo seguro, que tienen mejores horarios o más permisos, etc.

El estereotipo del funcionario acomodado es uno de los más instalados en la sociedad y en los medios de comunicación. Está muy extendida la idea de que los que consiguen su plaza, se relajan y ya no tienen que esforzarse ni rendir cuentas por su trabajo.

Los funcionarios trabajan lo justo.

Los funcionarios son desconsiderados con la gente.

Se acomodan porque no se les puede despedir.

Los funcionarios, en realidad, no tienen ningún oficio.

Dedican su jornada laboral a resolver asuntos personales.

Trabajan a un ritmo muy lento.

Piensan que tienen más derechos porque han sacado una oposición.

Actividades

1. Investiga qué es una oposición y qué hay que hacer para ser funcionario.
2. ¿Crees que aprobar una oposición capacita para ejercer una profesión?
3. ¿Qué crees que es mejor: trabajar para una empresa privada o ser funcionario? Explica las ventajas y los inconvenientes de prestar servicios en un colectivo o en otro.
4. ¿Piensas que todos los funcionarios son iguales?

El funcionario invisible

El estereotipo del funcionario que no cumple con sus obligaciones empaña la imagen de muchos trabajadores que cada día dan lo mejor de sí mismos para servir a los ciudadanos.

Si no existieran los funcionarios que se encargan del mantenimiento de la ciudad, la iluminación desaparecería, las alcantarillas se atascarían con las primeras lluvias, los semáforos dejarían de organizar el tráfico sumiendo la ciudad en el caos, el agua corriente fluiría sin ningún control de calidad, los médicos no atenderían las urgencias en los hospitales, ni se pagarían pensiones y subsidios. Detrás de todos estos servicios, a los que estamos tan habituados que ni siquiera imaginamos que podrían desaparecer, se esconde la labor de cientos de profesionales que trabajan ininterrumpidamente para mejorar nuestra calidad de vida.

Los policías, los bomberos o los servicios médicos de urgencia evitan que impere la criminalidad, que un incendio pueda arrasarlo todo o que no se pueda auxiliar a los heridos de cualquier situación de riesgo.

Por otro lado, los funcionarios responsables de la educación se ocupan de proporcionar a los niños una educación de calidad, sin la cual tendrían comprometido su futuro para siempre.

Actividades

Para tu reflexión

1. Imagina que los jueces y abogados del Estado dejaran de ejercer su labor. ¿Cómo sería el retroceso que supondría para nuestra sociedad? ¿Qué ocurriría con esos magistrados y letrados sin sus secretarios o el personal de Administración para ordenar y clasificar los miles de expedientes que llegan a los juzgados cada día?
2. Una vez que has imaginado esa sociedad sin funcionariado, ¿por qué crees que se extiende tanto el tópico acerca de los empleados públicos? ¿Cómo se podría dar a conocer su importancia en la sociedad?

Retrato de Mariano José de Larra (1809-1837).

Amaneció el día siguiente y salimos entrambos a buscar un genealogista [...], encontrémosle por fin y el buen señor, aturdido de ver nuestra precipitación, declaró francamente que necesitaba tomarse algún tiempo [...]. Pasaron tres días; fuimos.
–Vuelva usted mañana –nos respondió la criada– porque el señor no se ha levantado todavía.
–Vuelva usted mañana –nos dijo al siguiente día– porque el amo acaba de salir.
–Vuelva usted mañana –nos respondió al otro– porque el amo está durmiendo la siesta.
–Vuelva usted mañana –nos respondió el lunes siguiente– porque hoy ha ido a los toros.
¿Qué día, a qué hora se ve a un español? Vímosle por fin, y «Vuelva usted mañana –nos dijo– porque se me ha olvidado. Vuelva usted mañana porque no está en limpio».

Actividades

1. Explica qué tienen en común el genealogista de Larra y el «funcionario corrupto» de la canción.
2. Busca en la prensa algunos ejemplos de corrupción en los que estén implicados funcionarios.

El funcionario en la literatura

A principios del siglo XIX, el escritor Mariano José de Larra escribía en su conocido artículo periodístico «Vuelva usted mañana» sobre la dificultad de los trámites administrativos debidos a la incompetencia y dejadez de quienes se encargaban de gestionarlos en nuestro país. A ese texto pertenece el fragmento de la columna de la izquierda.

El funcionario en la música

Existen algunos ejemplos en la música en los que el protagonista es un funcionario que responde a los estereotipos que hemos visto. La canción de Coti, artista argentino, *Pequeña historia de un funcionario corrupto* es una muestra.

Esta pequeña historia
por desgracia no es mentira,
con el alba se despierta
y cumple horarios de oficina.

Sale cada mañana
y en el piso 23
desenvuelve telarañas
para atarlas a tus pies.

Antes de mediodía
se defiende como puede
lunes, miércoles lo turbio
y lo ajeno martes, jueves.

[ESTRIBILLO]

Canción de las oficinas,
canción del fondo del mar,
se arrastra por las esquinas
por donde anda la ciudad,
la ciudad.

Canción de noche y de día,
de luz blanca y de neón,
se cuela por la ventana
la esperanza intoxicada
por el humo de un camión. [...]

COTI

Coti durante un concierto.

El funcionario en el cine

El gran dictador

Título original: *The Great Dictator.*
Dirigida en 1940 por Charles Chaplin.
Principales intérpretes: Charles Chaplin y Paulette Goddard.

Charles Chaplin dirigió y protagonizó en 1940, cuando Estados Unidos todavía estaba en paz con la Alemania nazi, *El gran dictador,* su primera película sonora, en la que hacía una crítica feroz a la dictadura de Hitler y una parodia del siniestro personaje.

Al final de la película, el protagonista, un soldado judío, barbero de profesión, que se opone a la dictadura de Hynkel (parodia de Hitler), pronuncia un discurso al que pertenece el siguiente fragmento:

Fotograma de la película *El gran dictador* (1940), dirigida por Charles Chaplin.

En nombre de la democracia, utilicemos ese poder actuando unidos. Luchemos por un mundo nuevo, digno y noble, que garantice a los hombres trabajo y que dé a la juventud un futuro y a la vejez seguridad. Con esa promesa, las bestias alcanzaron el poder. Pero mintieron, no la han cumplido, ni nunca la cumplirán. Los dictadores son libres solo ellos, pero esclavizan al pueblo. Luchemos ahora para hacer realidad lo prometido. Luchemos para liberar al mundo, para derribar barreras nacionales, para derribar la ambición, el odio y la intolerancia. Luchemos por el mundo de la razón. Un mundo donde la ciencia y donde el progreso nos conduzcan a la felicidad.

Actividades

En grupo

1. Explicad en qué consiste el trabajo de los funcionarios.
2. Buscad el discurso final de *El gran dictador* y el argumento de la película. Pensad en cuál era el contexto histórico en 1940 y qué significaban sus palabras.
3. Comentad el fragmento del monólogo deTxabi Franquesa.

El funcionario en el humor

¿Hay algún funcionario aquí?, lo digo porque esto es sudor... Tranquilos... Yo también quise ser funcionario, pero como no me gustaba el café... Pues al final no...

Txabi Franquesa
Monólogo de
El Club de la Comedia

Funcionarios íntegros

El escritor británico Rudyard Kipling dedicó a su hijo el poema *If*, que contiene una enumeración de las actitudes que dotan a una persona de verdadera humanidad.

Posteriormente, el escritor estadounidense Lester Dent (1904-1959), autor de innumerables novelas gráficas de aventuras muy populares en su época, puso ese poema en boca de uno de sus más famosos personajes, Doc Savage, pero adaptándolo para enumerar las cualidades del buen funcionario, que serían aplicables a cualquier trabajador.

El buen funcionario

[...] Si engañado por leyes confusas, no engañas,
si no buscas más salario, que el salario que merezcas...
[...] Si sueñas con la promoción profesional,
y los sueños no te hacen su esclavo.
Si rechazas las intrigas de trepas que no dan un clavo,
si obtienes el ascenso, o si llega tu cese,
nunca será un mal pago.
Si logras que se sepa la verdad de tu trabajo,
desterrando el mito del funcionario vago.
[...] Si arriesgas en un golpe y lleno de alegría,
tus méritos de siempre, a la suerte de un día,
por servir al ciudadano, por cumplir la legalidad.
[...] Si lees códigos de conducta que no se cumplen,
pero tú crees en el servicio al público...
[...] Si en tiempos de crisis o desaceleraciones
soportas austeridades y recortes,
soportas congelaciones retributivas,
si te importan más las razones que las opiniones,
y no criticas a compañeros ni superiores.
Si en tu oficina llenas un minuto envidiable y cierto,
de sesenta segundos que te lleven al cielo...
No solo del café de la mañana,
no solo por el agradecimiento de una ciudadana,
sino porque sirves a todos por casi nada...
Todo lo de esta tierra será de tu dominio,
y mucho más aún,
serás un funcionario humano, hijo mío.

Actividades

1. Explica cuál es el «mito del funcionario vago».
2. Busca información y explica qué es un «código de conducta».
3. Busca en Internet alguna noticia en la que los funcionarios sean víctimas de sus compañeros o de sus jefes.
4. Los recortes han disminuido el número de funcionarios. ¿Crees que esta situación beneficia o perjudica al resto de trabajadores? Haced un debate sobre los colectivos más perjudicados.

Los funcionarios en las noticias

La cárcel de Melilla reconoce la labor de los funcionarios

El director de la prisión, Francisco Rebollo, resaltó en su discurso la importancia que tiene el trabajo que realizan funcionarios y voluntarios para reinsertar a los presos en la sociedad una vez que cumplen sus condenas. Rebollo reconoció que no se trata de una labor sencilla y apuntó que hay que tener en cuenta que en la cárcel conviven personas muy distintas, desde pequeños delincuentes a asesinos o violadores. Los funcionarios tienen que esforzarse en darles a todas estas personas, que están privadas de libertad, las herramientas para que vuelvan a vivir en la sociedad como cualquier otro ciudadano.

Rebollo resaltó que a lo largo del año se ponen en marcha programas importantes, como el curso de camarero que se desarrolla gracias a la colaboración de La Caixa. También resaltó otros talleres de formación que cuentan con la financiación del SEPE (Servicio Público de Empleo Estatal), los programas terapéuticos o las clases de alfabetización, así como las actividades deportivas y lúdicas que se ponen en marcha en la cárcel para que los internos aprovechen el tiempo que pasan privados de libertad.

www.elfarodigital.es (25/09/2014)

Un policía evita que el Metro arrolle a una mujer que cayó a la vía

Un policía nacional ha evitado que un vagón del Metro de Madrid arrollara a una mujer que, tras sufrir un desmayo, cayó a la vía en la estación madrileña de Marqués de Vadillo, donde fue rescatada por el agente.

Según informa la Dirección General de la Policía, el agente escuchó el impacto del cuerpo de la mujer contra el suelo y se lanzó a la zona de raíles para rescatarla.

El conductor del convoy vio al policía correr por las vías y pudo frenar a tiempo para evitar arrollar a la mujer, de 52 años, quien fue atendida por un médico que se encontraba en el lugar y después por los sanitarios del Samur-Protección Civil.

El agente, de 38 años, es oficial, presta servicio en la comisaría especial del Tribunal Supremo y está realizando un curso de ascenso a subinspector.

www.elmundo.es (21/01/2013)

Actividades

En grupo

1. Leed la noticia de «La cárcel de Melilla reconoce la labor de los funcionarios» y haced una lista de los funcionarios que trabajan en un centro penitenciario.
2. Después de leer la noticia, comentad la actuación del policía que estaba fuera de servicio.
3. Buscad en Internet algunas noticias en las que los protagonistas sean funcionarios que luchan para que las cosas funcionen mejor.

Juan Luis Torrejón
Pedagogo y profesor de Educación Especial, ha trabajado durante catorce años en un centro de protección de menores como educador y como director. También ha trabajado en el campo de la educación y del voluntariado social.

Los centros de protección

Describe cuál ha sido tu experiencia en centros de acogida.

Pues que detrás de cada comportamiento hay siempre un motivo. Los muchachos son un reflejo de lo que han vivido: malos tratos, abusos o convivencia con adultos que han perjudicado su desarrollo como personas. Los niños necesitan contar con adultos cercanos que les ofrezcan la seguridad necesaria para lanzarse a explorar el mundo.

¿Qué tipos de centros de menores existen?

Son de dos tipos: los centros de reforma, destinados a los menores que han cometido algún delito, y los centros de protección, que están destinados a menores que son retirados de su entorno familiar porque la convivencia con sus familias no les garantiza el adecuado cuidado y protección.

¿Qué dificultades se encuentran?

La mayor dificultad está en reeducar a los niños abandonados o maltratados que pueden mostrar falta de confianza, dificultades de integración, ansiedad, agresividad, escaso rendimiento escolar, necesidad de llamar la atención, baja autoestima…

¿Qué pasaría si no existieran los centros de menores?

Si no existieran habría más niños desprotegidos en la calle, abocados a la delincuencia, la mendicidad, etc. En aquellos países donde no funciona un sistema de protección a la infancia, los derechos de los niños son vulnerados.

¿Por qué es importante que las instituciones públicas se ocupen de los más débiles?

Porque toda persona debe tener una vida digna; además de las necesidades básicas, debe ser respetada, tener educación, ocio, sanidad, etc. Son derechos fundamentales y los poderes públicos deben garantizarlos.

¿Cuál es la función del personal?

Las labores de atención a los niños son responsabilidad de los educadores, que tienen la formación necesaria para ello. La labor de los voluntarios también es importante porque colaboran en actividades de ocio y tiempo libre.

¿Qué valores son importantes para una persona que trabaja en un servicio público?

Saber pensar y saber hacer, saber trabajar en equipo y relacionarse con los niños de una forma sana, conteniendo el dolor y generando esperanza para el futuro.

Las fuerzas de seguridad

¿Tu vida no fue fácil hasta que entraste en la policía?

Nací en Valencia, después viví en Albacete y a los siete años mi padre falleció y volvimos a Valencia por el trabajo de mi madre. Ella se puso a limpiar en la policía, pero se quedó ciega. En el colegio me portaba fatal y no quería estudiar. Lo único que se me daba bien eran las Matemáticas y me acabaron expulsando. Después de esta crisis, mi vida cambió radicalmente; animado por mi madre, me matriculé y conseguí acabar mis estudios.

¿Qué cualidades debe tener alguien que se dedica a proteger a los demás?

Paciencia y conocer al detalle sus obligaciones y las leyes del Código Penal.

¿Tienes que ponerte en el lugar de las personas que encuentras en situaciones conflictivas?

No, es mejor no ponerte en su lugar y mantener una cierta distancia emocional, porque yo lo he hecho en algunas ocasiones y sufres. Un policía tiene que ser imparcial.

Tu profesión, ¿te ha hecho más o menos humano?

Me ha hecho mucho más fuerte, pues en algunos casos incluso te tienes que enfrentar a la muerte.

Cuenta algún recuerdo positivo que te haya cambiado la vida para bien.

Ayudar a la gente y saber que cumples con tu deber siempre te deja buenos recuerdos.

¿Cuál ha sido la última llamada de hoy?

La llamada de un hijo maltratado por su padre, que es un bebedor habitual y le pega con frecuencia. Cada vez hay más problemas de violencia familiar y, sobre todo, de género.

¿Tú crees que las personas pueden cambiar?

Sí, pueden cambiar. Yo he cambiado mucho, he pasado de ser un alborotador a ser un defensor de las injusticias.

¿Qué consejo le darías a alguien que quiere ser policía?

Pues que estudie mucho. Ser policía es una profesión muy enriquecedora porque se basa en prestar servicios a los demás.

¿Por qué crees que se tiene una visión tan negativa de la policía y de los cuerpos de seguridad?

Creo que se le tiene especial inquina a la policía local y a la Guardia Civil porque son los que multan.

Ricardo Mesías Granero Martín
Tuvo una infancia algo problemática en la escuela, pero recapacitó sobre la importancia del estudio y consiguió progresar. Se presentó varias veces a las pruebas de acceso al cuerpo de Policía Nacional hasta que lo consiguió, a los 22 años. Actualmente presta servicio en Valencia.

Sócrates, filósofo clásico.

La excelencia moral es resultado del hábito. Nos volvemos justos realizando actos de justicia; templados, realizando actos de templanza; valientes, realizando actos de valentía.

ARISTÓTELES

Para pensar

1. ¿En qué situaciones piensas que sería positivo aplicar los tres filtros de Sócrates?
2. ¿Qué consecuencias negativas tiene no aplicarlos?
3. ¿Qué piensas de la afirmación de Aristóteles?

La honestidad

Ser honesto significa actuar siempre con respeto y de acuerdo a los principios y creencias que rigen la propia vida, con aquello que uno cree y siente de verdad.

El filósofo ateniense **Sócrates** (470-399 a. C.) es un símbolo de ella, y mantenía que la honestidad se alcanza buscando la justicia. Solo alcanzando el equilibrio personal se puede ser verdaderamente honesto. No se tiene constancia de textos escritos por Sócrates. Sabemos de él a través de otros filósofos. A Sócrates se le atribuye esta historia llamada *Los tres filtros*:

Un hombre buscó a Sócrates y le dijo:

–¡No sabes lo que me han dicho sobre uno de tus discípulos!

Antes de que terminara la frase, Sócrates le preguntó:

–Espera, ¿lo que me vas a contar ha pasado ya por la prueba de los tres filtros? El primero es el de la verdad. ¿Estás seguro de que es absolutamente verdadero?

–Me acabo de enterar y no estoy seguro.

–El segundo es el de la bondad. ¿Es algo bueno sobre esa persona?

–Justo al contrario.

–El tercero es la necesidad. ¿Te parece necesario contar ese hecho y resultaría útil para mí?

–No mucho.

–Si no es ni cierto, ni bueno, ni útil..., ¿para qué contarlo?

Otro pensador clásico, **Aristóteles**, en el siglo IV a. C., afirma que las virtudes éticas conducen necesariamente a la vida política porque ambas cosas tienen la misma finalidad: buscar el bienestar y la felicidad humana.

Este filósofo, que ha marcado la historia del pensamiento universal, fue también el mentor y maestro de Alejandro Magno. Para él, la ética se ocupa de orientar el comportamiento individual en la búsqueda de esa felicidad y el objetivo de la política es organizar la vida y el comportamiento del conjunto de la sociedad para garantizar el bien común. No todos los sistemas políticos contribuyen de la misma manera a esta finalidad. Y aunque Aristóteles no creía en la posibilidad de un Estado perfecto, sí consideraba que el Estado tiene que ser necesariamente justo para poder ser considerado legítimo. Para lograr una polis justa, formada por ciudadanos justos, uno de los objetivos fundamentales del Estado tiene que ser la educación.

Tu compromiso

Hemos visto cómo la relación entre los valores éticos y la ciudadanía es importante. Ser demócrata y disfrutar de los derechos y libertades exige devolver a la comunidad un comportamiento ético y comprometido para que se fortalezca la convivencia. Te proponemos que te autoevalúes en competencia cívica para terminar este proyecto.

- ¿A qué valores cívicos se refiere cada respuesta?
- ¿Qué destacarías sobre ti como miembro de tu comunidad escolar y local?
- ¿Qué necesitas mejorar? ¿Cómo puedes hacerlo?

Indicador	Puntuación: 3	Puntuación: 2	Puntuación: 1	Puntuación: 0
Cuando uso el diálogo	Respeto el turno de palabra, reflexiono sobre el punto de vista de la otra persona para entender sus razones y busco argumentos para defender mis ideas.	Utilizo el diálogo respetando el turno de palabra y reflexiono sobre el punto de vista de la otra persona para entender las razones.	Respeto el turno de palabra, pero sé de antemano que no voy a cambiar de opinión al final del diálogo.	No respeto el turno de palabra y trato de expresar a gritos mis ideas, que no van a cambiar porque tengo la razón.
Cuando me enfrento a las normas y leyes	Soy responsable del cumplimiento de las normas, consciente de la repercusión que supondría el no hacerlo, y si algunas no me gustan conozco los cauces establecidos para intentar cambiarlas.	Me reconozco responsable del cumplimiento de las normas, consciente de la repercusión que supondría el no hacerlo, pero algunas de esas normas no me gustan y las ignoro.	Hay normas que debo cumplir, pero si no estoy de acuerdo con ellas no tengo por qué respetarlas.	Actúo según mi interés y respeto algunas normas, siempre que no me suponga mucho esfuerzo o un castigo.
Cuando me piden ayuda	Me implico activamente en todas aquellas propuestas que veo que pueden beneficiar a otros.	Me implico activamente en propuestas que puedan beneficiar a otros, siempre que no me supongan un gran esfuerzo.	Me implico en propuestas que beneficien a otros solo si me insisten y siento la presión del grupo.	Creo que no es importante ayudar a los otros.
Cuando quiero comprender los problemas que me afectan	Conozco la realidad histórica de determinados países o situaciones y las causas de los grandes problemas; puedo relacionarla con eventos o situaciones que veo en la actualidad.	Conozco algunos eventos históricos y puedo explicarlos junto con las realidades sociales de sus poblaciones, aunque a veces me cuesta relacionarlos con problemas de la actualidad.	Nombro eventos históricos y los reconozco, pudiendo identificar algunas realidades sociales de diferentes poblaciones.	Tengo dificultades para identificar las realidades sociales de determinadas poblaciones. Nombro algunos eventos históricos pero sin saber muy bien por qué.
Cuando tengo conflictos	En una discusión con alguien, entiendo el punto de vista de la otra persona e intento solucionar nuestro problema utilizando el diálogo, cediendo en algunas cosas para lograr un acuerdo.	Me interesa llevarme bien con la gente, no tener problemas ni pelearme con nadie, aunque a veces no sé cómo hacerlo y me dejo vencer por los impulsos.	Cuando tengo un problema con alguien a veces no me preocupo en arreglarlo, me pongo de mal humor, y lo intento solo si realmente me importa.	No me esfuerzo en arreglar nada cuando no hay forma de hacerlo, o simplemente hay gente que no te escucha o pasa de todo.

6 ¿Científicos locos?

¿QUÉ VAMOS A HACER?

1. Aprender que la ciencia no está reservada solo a una minoría.
2. Conocer cómo son los científicos que se dedican a la investigación.
3. Saber qué es necesario para ser un buen científico.
4. Reflexionar sobre los problemas de las ciencias.
5. Identificar cuáles son los valores en los que se sustentan la ciencia y la tecnología.

Desde los orígenes de la humanidad, los sabios, brujos y chamanes a los que se consideraba poseedores del conocimiento han vivido al margen de la vida social, observando costumbres extravagantes o padeciendo, incluso, locura, rodeados de un halo de misterio y de poder.

Sin embargo, los científicos constituyen un modelo de vocación y compromiso, y su trabajo puede traducirse en un modo de mejorar la vida y el mundo en el que nos desenvolvemos. Todos tenemos que encontrar nuestra vocación y tú pronto afrontarás decisiones que marcarán tu futuro personal y profesional.

La cura para la locura, obra de Hieronymus Bosch, el Bosco (1450-1516), es una sátira sobre los charlatanes medievales que curaban la locura extrayendo una piedra de la frente de la persona.

Mirando hacia el futuro

¿Te acuerdas cuando te preguntaban «qué vas a ser de mayor»? Te vas acercando al momento en el que cada decisión que tomes va a influir en el rumbo futuro de tu vida.

¿Cómo te ves? ¿Cómo te gustaría verte dentro de diez años? ¿Y dentro de treinta? Cuando pensamos en el futuro nos influye lo que vemos a nuestro alrededor. Conocemos de forma superficial cómo transcurren las vidas de multitud de personas. Alrededor de muchas de ellas se han generado estereotipos que no responden a la realidad. Vamos a explorar uno de ellos en profundidad para aprender a romperlo.

Para pensar

1. Cuando eras pequeño, ¿qué pensabas que ibas a ser de mayor?
2. En este momento, ¿sigues con la misma opinión o has cambiado de ideas?
3. ¿Qué te parece más importante en un trabajo: hacer lo que te gusta o ganar mucho dinero?
4. ¿Qué piensas sobre el trabajo de los científicos?

¿Qué sabemos de los científicos?

Los científicos crean sus propios monstruos

La escritora británica Mary Shelley publicó *Frankenstein o el moderno Prometeo* (1818). Su protagonista es un científico obsesionado con la búsqueda del elixir de la vida y la posibilidad de crear vida humana. En la clandestinidad consigue dar vida a un ser monstruoso del que después reniega. La criatura, fuera de control, causa graves problemas. La narración plantea el dilema entre los límites de la ciencia y los peligros de experimentar con la vida.

Todos los científicos visten bata blanca.

Los científicos están tan distraídos que hasta se olvidan de comer.

Los científicos tienen un aspecto desaliñado.

Los científicos son personas solitarias.

La ciencia de hoy necesita tubos de ensayo.

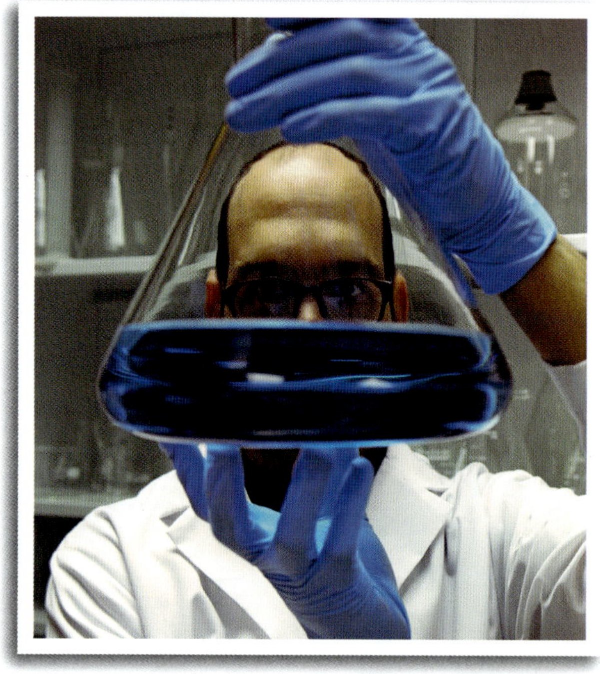

Los científicos viven encerrados en sus laboratorios.

Los científicos son siempre hombres.

Actividades

1. ¿Qué científicos conoces y qué han inventado?
2. ¿Qué científicos se han hecho famosos en el mundo de la ficción (películas, series, novelas y cómics)?
3. ¿Qué características tienen en común?

Los científicos en el humor

¡Ni hablar! Nunca abandonaría el barco por una oferta mejor.

Actividades

1. ¿Cómo piensas que debe ser el científico ideal?
2. Si ves un anuncio en el que aparece un científico explicando las propiedades de un producto, ¿qué opinas que pretende la empresa anunciante?
3. ¿Crees que todos los científicos buscan el bien de la humanidad? Piensa en los que diseñan armas de destrucción masiva.
4. En tu opinión, ¿cuál es el problema que afecta a la humanidad más urgente de resolver?

Los científicos en la publicidad

La publicidad ha recurrido a la imagen estereotipada del científico loco, muchas veces asociada a la distorsión de la imagen de Einstein, desenfadado, provocativo y creativo, que se ha convertido en el prototipo del intelectual.

Por otro lado, en la actualidad, hay muchos anuncios con científicos de bata blanca y apariencia atractiva que aportan datos de investigaciones que garantizan todas las bondades de los productos que quieren vender, ya sean dentífricos, productos de belleza o calzados. La ciencia vende por sí misma.

Los científicos en los videojuegos

El tópico de científico loco se extiende como una auténtica epidemia en los videojuegos. Se pueden encontrar más de cincuenta ejemplos en los que aparecen científicos de todas las edades y condiciones, culpables de los males que asolan a la humanidad.

Tom Cruise, en *Misión imposible 2* (2000).

Científicos de cine y televisión

Son numerosos los ejemplos de científico loco que podemos encontrar en las pantallas. Seguro que los has visto como malvados en muchos casos o, por el contrario, los protagonistas han tenido que ir a buscarlos a su «refugio» para que dieran con la solución a algún problema que amenazaba con extinguir la humanidad.

En todas las películas de James Bond (agente 007) o en las de la saga de *Misión imposible* encontramos a un científico que pone sus conocimientos al servicio del mal a cambio de dinero o poder sin importarle que vayan a ser utilizados para aniquilar el planeta.

A medida que la tecnología ha ido avanzando, los conocimientos de estos sabios locos y desalmados también han pasado por diferentes estadios tecnológicos: electricidad, radiactividad, guerra química, ingeniería informática, avances en genética y clonación, etc.

The Big Bang Theory

La serie de televisión *The Big Bang Theory* es una popular comedia protagonizada por cuatro jóvenes que tienen en común su sólida formación científica, su falta de habilidades sociales y su afición por los cómics y la ciencia ficción. Les sirve como contrapunto su atractiva vecina, Penny, una camarera rubia, eterna aspirante a actriz, algo ignorante e ingenua, pero que, al contrario que ellos, se relaciona muy bien y es inteligente y práctica en los problemas de la vida cotidiana.

Toda la serie se basa en la confrontación de esos dos estereotipos, lo que da lugar a mil situaciones cómicas. Tal vez su gran éxito se debe a que sus seguidores se identifican con los protagonistas, que alcanzan ciertos éxitos a pesar de ser marginados sociales.

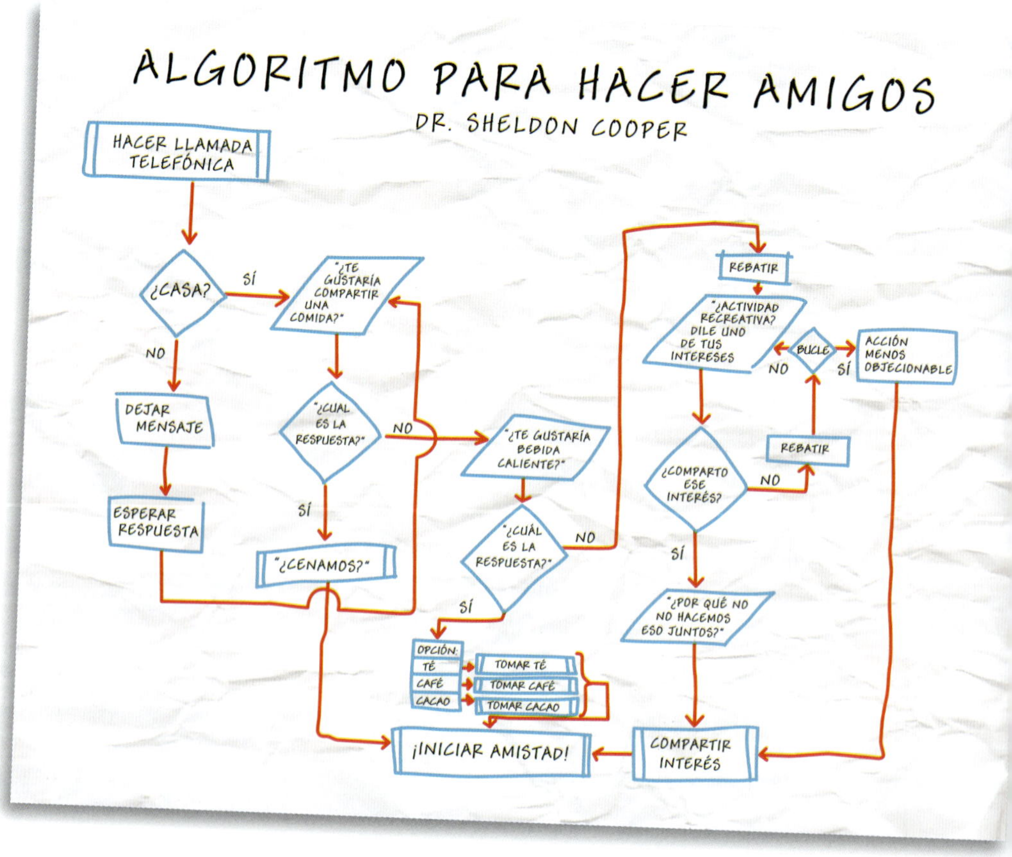

Sheldon Cooper, uno de los protagonistas de la serie *The Big Bang Theory*, crea un algoritmo para hacer amigos, utilizando únicamente sus conocimientos de programación y lógica, en el que no hay lugar para las emociones.

FRINGE

En la serie de televisión *Fringe*, un científico loco excéntrico, su hijo y media docena de ayudantes dirigen una división del FBI dedicada a investigar, con métodos de ciencia «*fringe*» o «ciencia al límite», casos inexplicables que rozan lo paranormal. Por sus episodios desfila también un nutrido grupo de científicos chiflados que ponen sus conocimientos al servicio del mal y no dudan en experimentar con humanos o animales sin ningún tipo de consideración ética.

Para los más pequeños

El estereotipo de científico loco también se ha extendido a las películas de los niños y jóvenes. En *Los increíbles*, un adolescente marginado se recluye en una isla donde utiliza todo su conocimiento sobre ciencia para crear un malvado plan que venza a todos aquellos que se burlaron de él.

Frikis de la ciencia y la tecnología

«Cerebrito», «empollón» y «ratón de biblioteca» son algunos de los apodos, utilizados en sentido peyorativo, para referirse a los alumnos que destacan en el estudio de asignaturas como la Física o las Matemáticas.

Los *nerds* son estudiantes obsesionados en exceso con lo que hacen sin prestar atención a otras cosas. Apasionados de la ciencia ficción y el ajedrez, destacan en campos incomprensibles para sus compañeros.

Los *geek* se parecen a los *nerds*, pero son más extrovertidos y menos convencionales. Su pasión son los avances informáticos y la tecnología.

Los últimos días del edén

Título original: *Medicine Man*.

Dirigida en 1992 por John McTiernan.

Principales intérpretes: Sean Connery, Lorraine Bracco.

El protagonista es un médico que investiga un tratamiento para el cáncer analizando plantas medicinales utilizadas por una tribu amazónica. Su investigación se ve amenazada por los intereses de los madereros, a quienes no les importa destruir la selva para obtener pingües beneficios.

Hemos creado una civilización global en la que los elementos cruciales dependen profundamente de la ciencia y la tecnología. También hemos organizado las cosas de modo que nadie entiende la ciencia y la tecnología. Esto es una receta para el desastre.

Carl Sagan (1996)

Científicos reales

Hemos visto cómo la visión de la ciencia y los científicos se ha distorsionado en diferentes contextos. Para contrarrestar ese estereotipo necesitamos encontrar una imagen real de las personas que se dedican a la ciencia y acercarnos con mirada positiva a lo que significa abordar una situación con mente científica.

¿Cómo podríamos ver a los científicos de una forma realista? Afrontando situaciones cotidianas, descubriendo cómo son los lugares de investigación en equipo, relacionando los avances científicos con los logros para mejorar las condiciones de vida de los seres humanos y conociendo a científicos que compaginan su vocación y dedicación al trabajo con su vida personal.

¿Quiénes inventan las cosas?

¿Te has planteado alguna vez quiénes están detrás de las cosas que se usan cotidianamente, como el frigorífico, el GPS o Internet? ¿Qué pasaría si no hubiera científicos? Todas esas personas que no son famosas en la mayoría de los casos, pero cuyos descubrimientos ayudan a la humanidad a vivir mejor.

A veces la relación es directa, como ocurre con los médicos, los investigadores en las ciencias de la salud o las tecnologías; en otros nos cuesta un poco más ver las aportaciones de muchas personas que contribuyen aparentemente con pasos muy pequeños a la investigación.

Según dicen, no hay científicos ricos, entonces… ¿quién quiere hoy dedicarse a la ciencia? La vocación científica está claramente vinculada con el deseo de ayudar a los demás y con la pasión por comprender el mundo y mejorarlo. Exige esfuerzo, autodisciplina, dedicación al estudio y mucha constancia.

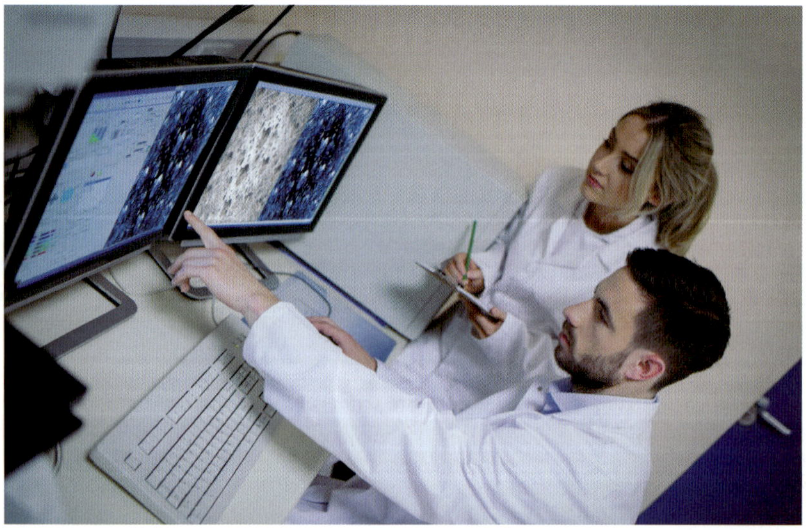

¿Quién se merece la fama?

¿Sabes quién descubrió la vacuna contra la rabia? ¿Cómo se llama el inventor del MP3? ¿Quién ideó el ABS de los coches? Podríamos seguir formulando un sinfín de preguntas como estas cuya respuesta sería: personas desconocidas.

Los científicos trabajan a menudo anónimamente para mejorar la calidad de vida y para que todos podamos entender poco a poco el mundo que nos rodea, desde lo más pequeño, como los átomos, hasta lo más grande, como las galaxias, para conocer nuestra ubicación en el universo, para comprobar si hay vida en otros planetas o predecir el estado del tiempo cada día.

Fuga de cerebros

Se habla de «fuga de cerebros» cuando los investigadores, algunos de reconocimiento internacional, emigran a países como Alemania o Estados Unidos, donde les ofrecen la financiación y las condiciones laborales que necesitan.

Una campaña de la compañía Movistar (uno de los patrocinadores de la Selección Española de Fútbol, «la Roja»), felicitaba a gente de talante excepcional bajo el eslogan: «No solo jugamos bien al fútbol».

Entre las personas homenajeadas se encuentran la doctora Celia Sánchez Ramos, considerada como mejor inventora según la ONU por su colaboración para evitar la ceguera en el mundo, y Luis Serrano Pubul, doctor en Biología de sistemas, que trabaja en la investigación contra el cáncer y en la utilización de terapias con bacterias para curar enfermedades.

Celia Sánchez Ramos.

Gorilas en la niebla

Título original: *Gorillas in the Mist*.

Dirigida en 1988 por Michael Apted.

Principales intérpretes: Sigourney Weaver, Bryan Brown.

Cuenta la vida de Dian Fossey, naturalista estadounidense, consagrada al estudio y protección de los gorilas de montaña, especie africana en grave peligro de extinción.

Carlos Peña Garay
Físico de prestigio internacional, dirige un equipo de investigación sobre física de partículas de la Universidad de Valencia. Ha ejercido como profesor en la Universidad de Princeton (EE. UU.) y se ocupa de investigaciones de alto nivel, pero también disfruta remando en kayak, corriendo y teniendo buenas conversaciones entre amigos. Está casado y tiene una hija.

¿La gente de ciencias es normal?

Entrevistamos a dos importantes científicos: Carlos Peña Garay y Esther Zorio Grima.

¿Por qué la gente piensa que todos los científicos sois unos raros?

Carlos: Los científicos somos personas normales. Es cierto que el científico suele tener algunas características distintivas en la forma de afrontar los problemas que va a resolver y, a veces, esto aparece como raro para el resto de la sociedad.

Esther: Hay gente de todos los tipos en todas partes y no tengo la sensación de que ese estereotipo esté arraigado en nuestra sociedad. Puede encontrarse gente así tanto de letras, por ejemplo, don Quijote, como de ciencias, por ejemplo, Albert Einstein.

¿Hay que ser un genio para ser científico?

C.: No. El conocimiento científico se acumula con la contribución de muchísimas personas. El esfuerzo y la pasión continuados por comprender los pequeños y grandes enigmas de la naturaleza es la fuente del éxito de la mayoría de los científicos. La ciencia evoluciona por acumulación de explicaciones probadas bajo ciertas condiciones. Cuando se une genialidad a esfuerzo y pasión, los científicos revolucionan la comprensión de la naturaleza, mostrando de modo más profundo y general el conocimiento acumulado.

E.: En absoluto. Solo hay que tener inquietudes e ideas para intentar darles explicación cumpliendo las reglas del juego del método científico y la ética.

¿Cuáles son las cualidades de un científico?

C.: Pasión por comprender cómo funciona la naturaleza, esfuerzo para superar las conclusiones incorrectas o parciales, espíritu crítico para revisar continuamente las explicaciones de los fenómenos observados.

E.: La curiosidad, el rigor, la ética, la perseverancia y la imaginación.

¿Qué es lo que más valoras en la investigación?

C.: Voy a responder con un pequeño secreto. A los científicos nos gusta jugar y nuestro trabajo es nuestra principal diversión.

E.: La posibilidad de ser útil a los demás. La línea a la que me dedico se basa en el trabajo en equipo de muchos profesionales de distintos ámbitos para tratar de esclarecer las causas de algunas muertes cardiacas súbitas de base genética y estudiar a los familiares de acuerdo a esos resultados.

¿Cómo es el día a día en tu trabajo?

C.: Si la ciencia forma parte de tu forma de entender la vida, es fácil hacerlo compatible. No hay un inicio y final definido de la jornada laboral. Puedes trabajar en la idea que estás desarrollando casi en cualquier momento. En mi caso, he pasado muchas noches divirtiéndome con mis investigaciones.

E.: Digamos que no es fácil. Queda un largo trecho para conseguir conciliar la vida personal con la laboral, pero si además te pagan por una tarea asistencial con la que hay que cumplir y tienes que sacar tiempo de donde sea para compaginarla con la actividad investigadora que te ilusiona, el tiempo sale, en gran medida, de lo personal.

¿Cómo definirías la ciencia?

C.: La ciencia es el conocimiento acumulado basado en la reproducibilidad y refutabilidad. Un resultado o experimento que no se puede reproducir o una idea no se puede probar están fuera del conocimiento científico.

E.: No sabría elaborar una definición exacta. Entiendo que, básicamente, es científico un saber que necesita ser verificado para que sea aceptado como válido siguiendo en su concepción y desarrollo los pasos básicos del método científico.

¿Qué valores éticos son fundamentales en el ámbito de la investigación científica?

C.: Honestidad, transparencia y humildad. Respetar la verdad de los hechos, exponer lo observado para que otros lo reproduzcan y aceptar el error en la hipótesis de trabajo para mejorarla.

E.: Ante todo, la verdad, no se pueden maquillar ni inventar resultados para que su análisis estadístico nos resulte más adecuado. La moralidad en el procedimiento, el fin no justifica los medios.

¿Se puede tener una mente científica aunque te hayas volcado en el estudio de las letras?

C.: Por supuesto. El modo de afrontar los problemas se tiene en cualquier área del conocimiento.

E.: Entiendo que sí. En definitiva, es una forma de amueblar la cabeza, la llenes de letras o de ciencias.

Esther Zorio Grima

Prestigiosa cardióloga que coordina una unidad interdepartamental en el Hospital de la Fe de Valencia. Ha cursado, además, la carrera de danza clásica y disfruta de su vida en familia con su marido y sus tres hijos. Le encantan las manualidades, la cocina y los idiomas.

Actitud ante los avances científicos

La ciencia y la tecnología avanzan haciendo posible que mejore nuestra vida diaria. Pero la **tecnociencia** a menudo tropieza con **límites éticos y morales** que ocasionan desencuentros entre pensadores y filósofos contemporáneos, como Karl-Otto Apel y Hans Jonas, que denuncian la falsa idea de «progreso» sobre la que se está construyendo nuestra civilización. En su opinión, se ha creído erróneamente que el progreso consiste en explotar los recursos de la Tierra para satisfacer nuestro deseo de bienestar, y la estamos destruyendo. Por este motivo proponen cambiar esa idea de progreso: «Hemos de asumir responsablemente las consecuencias de la ciencia y la técnica, y dejar a las generaciones futuras el mundo, como mínimo, no peor de como lo hemos encontrado».

Podemos distinguir tres actitudes morales en torno al tema de las nuevas tecnologías y de la tecnología en general:

- **Tecnofobia:** supone el rechazo hacia la tecnología. Es una actitud pesimista que considera que el desarrollo y la dependencia de las tecnologías modernas es perjudicial para las personas, tanto desde el punto emocional como físico.
- **Tecnofilia:** es una actitud optimista que considera que la tecnología es positiva y su desarrollo bueno en sí mismo. Encuentra en la tecnología la solución a todos los problemas.
- **Tecnorresponsabilidad:** defiende el uso inteligente de las nuevas tecnologías. Considera que las consecuencias positivas o negativas no se derivan de la tecnología en sí misma, sino del uso que hacemos de ella.

Se entiende por **ética científica** los principios, las normas y los valores que guían al profesional en su proceso investigador o actividad profesional. Cada disciplina se guía por un código ético que recoge esas directrices aplicadas al contexto en el que se desenvuelve.

Los *amish* son cristianos anabaptistas que viven en más de veinte comunidades distribuidas en Estados Unidos y Canadá. Aislados del mundo moderno, se dedican básicamente a la agricultura y a la carpintería y rechazan el uso de la tecnología.

Para pensar

1. ¿Cuál es la actitud moral frente a la tecnología con la que más te identificas? ¿Por qué?

En grupo

2. Investigad en Internet y recoged noticias a favor y en contra del uso de las nuevas tecnologías o los avances científicos.
3. Buscad información sobre los *amish* y debatid sobre los pros y los contras de su actitud ante la tecnología.

Visión de futuro

La historia de la humanidad está llena de ejemplos de personas que han tenido visión de futuro y gran constancia, como Nikola Tesla, uno de los más importantes científicos e inventores de finales del siglo XIX y principios del XX.

Tesla fue el inventor de la radio (entre otros), la corriente alterna o el control remoto, aunque fue eclipsado por otros científicos de su tiempo, que fueron sus competidores, como Thomas Alva Edison y Guglielmo Marconi.

En la actualidad, hay un gran interés por recuperar la figura de este visionario que predijo muchas de las «maravillas» que disfrutamos en la actualidad.

El químico y científico francés Louis Pasteur (1822-1895) realizó descubrimientos extraordinarios en los campos de la química y la microbiología que cambiaron para siempre la investigación sobre el origen y contagio de las enfermedades infecciosas y abrieron la puerta al hallazgo de métodos para prevenirlas y curarlas eficazmente.

Otros científicos de la época, como Edward Jenner y Robert Koch, siguieron su línea de investigación, a pesar de que en su momento fueron muy criticados y controvertidos. Sin el trabajo de estos investigadores infatigables hoy no nos serían tan familiares los antibióticos ni las vacunas, ni sabríamos que la higiene y la esterilización son la mejor manera de prevenir las enfermedades.

Además de la constancia, la casualidad ha dado resultados. Es el caso del descubrimiento del caucho vulcanizado. En 1839, Charles Goodyear había dedicado más de cinco años de intentos fallidos para transformar el caucho pegajoso y maloliente en una sustancia elástica y permanente. Fue tal su empeño y dedicación, que el número de fracasos le llevó a la ruina. Goodyear trabajaba en un laboratorio casero, cuando de repente su mujer, a la que había prometido no hacer ni un intento más en la búsqueda del compuesto estable, regresó antes de lo previsto a casa. Él la oyó y tiró a la chimenea todo lo que tenía encima de su mesa de laboratorio para que no lo viera. Cuando apartó de las llamas la mezcla resultante, lo que encontró es exactamente lo que andaba buscando: el primer trozo de caucho estable.

Nikola Tesla (1856-1943), americano de origen croata, físico e inventor, fotografiado junto a uno de sus generadores eléctricos.

En grupo

- Distribuidos en equipos, buscad más información sobre los científicos mencionados en esta página. Elaborad una presentación de PowerPoint de cada uno de ellos y exponedla ante toda la clase.
- En la historia de Goodyear, ¿crees que hubiera podido realizar su descubrimiento sin haber pasado por todos los intentos anteriores?

Charles Goodyear (1800-1860), inventor americano.

Dirección de arte: José Crespo González.

Proyecto gráfico:
Cubierta: Cristina Vergara.
Interiores: María Pitironte.

Jefa de proyecto: Rosa Marín González.
Jefe de desarrollo de proyecto: Javier Tejeda de la Calle.
Desarrollo gráfico: Raúl de Andrés González y Jorge Gómez Tobar.

Dirección técnica: Jorge Mira Fernández.

Coordinación técnica: Julio del Prado Martínez.
Confección y montaje: Fernando de Santiago.
Corrección: Rafael Díaz Ayala, Juan Antonio Segal Flores y Juan Miguel de Pablos Peña.
Documentación y selección fotográfica: Rebeca Crespo Cano.

Fotografía: Krauel; A. G. E. FOTOSTOCK/Heritage Image, Nogastro, Kristopher Grunert, Duomo TIPS RF, ROSENFELD, Friedrich; ALBUM/PIXAR ANIMATION STUDIOS/WALT DISNEY PICTURES, UNIVERSAL PICTURES/BAILEY, ALEX, Granger, NYC, PAROMOUNT PICTURES/Boland, Jasin, Paulo Ferreira, 20TH CENTURY FOX, PIXAR/WALT DISNEY, Walt Disney, Nancy Kaszerman-KPA-ZUMA, De Agostini/G. P. Cavallero, sfgp, WARNER BROS PICTURES, KPA-ZUMA, 20TH CENTURY FOX/Wetcher, Barry, BAD ROBOT/Fringe Elements Films, WALT DISNEY PRODUCTIONS, AKG, PARAMOUNT PICTURES/GORDON, MELINDA SUE, OLIVER TWIST PRODUCTIONS LLP/Ferrandis, Guy, UNIVERSAL PICTURES, METRO GOLDWYN MAYER; CONTIFOTO/STILLS PRESS AGENCY; CORDON PRESS/SYGMA/KEYSTONE, CORBIS/Christian Minelli/NurPhoto, Nacho Guadano/ZUMA Press; EFE/lafototeca.com/Newscom/Heiko Junge, Emilio Naranjo, National News; GARCÍA-PELAYO/JUANCHO; GETTY IMAGES SALES SPAIN/Thinkstock; ISTOCKPHOTO/Getty Images Sales Spain; SHUTTERSTOCK; MADRID, MUSEO NACIONAL DEL PRADO/Laboratorio del Museo del Prado/© MUSEO DEL PRADO-MADRID-DERECHOS RESERVADOS. PROHIBIDA LA REPRODUCCIÓN TOTAL O PARCIAL; MUSEO DEL ROMANTICISMO, MADRID; THE METROPOLITAN MUSEUM OF ART, NEW YORK; ARCHIVO SANTILLANA.